你们是一个很好的样子。

——2023年1月18日，习近平总书记通过视频连线看望慰问四川省绵阳市北川羌族自治县基层干部群众。

去北川

刘大先 著

上海文艺出版社

目录

1   序章

13   一   重建家园
39   二   跨越曲山关
67   三   关山夺路
95   四   过去与未来之间
119   五   少年禹的传说
141   六   所爱在远方
163   七   河畔之人
185   八   龙门与岷山之物
207   九   羌食志
229   十   走北川
253   十一   何谓"新北川"：一个青年的自述
273   十二   回北川
293   十三   我曾经来过

308   参考文献

序章

历史上有无数个激动人心的时刻，它们如同平缓流淌的时光河流中跳跃的浪花，激荡起清脆的声音与经久不散的涟漪。那个瞬间并不是无由而来，为了积蓄浪花的能量，河水在前方、在底部早已酝酿了许久，就像暴风云的正负电荷彼此相吸最终碰撞出夺目的闪电，恒星内部经过长时间的核聚变爆发出耀眼的氦闪。

2024年1月18日，对于北川羌族自治县来说，就是这样一个激动人心的时刻。

太阳尚未升起，永昌机场上数架小型飞机已经做好了准备。它们以橙红、洁白和蔚蓝的色彩，轻盈的造型与整齐的阵列，等待着这个时刻。

12点17分，随着"起飞"的指令下达，一架核载

11人的塞斯纳208飞机在短暂的滑行后平稳升空。不久之后,成都金堂淮州机场传来消息,安全降落!

北川永昌机场通航首飞成功了!

这个看似平常的日子,这件貌似普通的事情,对于北川而言,却是零的突破。为了这一天,北川人民从2013年国家低空空域改革之时,就开始准备、谋划、筹备、实干,奋斗了十年。

永昌机场是四川省民族地区首座A1类通用机场,占地760余亩,有长1000米、宽30米的一条平行滑道,3.6万平方米的停机坪,可以满足20座以下固定翼飞机和市面上所有的直升机、中大型无人机的起降需求。所谓"通用",就是指除了军事、警务、海关缉私和公共航空运输之外,农业、林业、医疗卫生、观光旅游等飞行都可以在这里实现。

北川敞开了心胸,世界开阔了,小县城干出了大事业。

要知道,这可是一个西南腹地的偏僻山区少数民族自治县。面积3000多平方公里,多为丘陵山地,人口23万,多是农业人口,一般公共预算收入只有5亿元,无论是地理区位、地质结构、自然资源,还是人口数量、经济体量、交通运输，在全国2800多个同样级别的行政区划中都称得上小。

但是，小县的人偏偏不服这个小，没有那么大，那么就做到小而精、小而美、小而优。

人们不会忘记整整一年前的今天。春节将至，习近平总书记通过视频连线，慰问北川县石椅村的干部群众，当时他说："新时代的乡村振兴，要把特色农产品和乡村旅游搞好，你们是一个很好的样子。希望人家继续努力，百尺竿头更进一步，在乡村振兴中取得新的更大成绩，一起迈向共同富裕，生活越过越红火。"

这段话中包含了两个方面的意思：一是肯定了石椅村的成绩，已经是一个"很好的样子"；二是寄予了村子在乡村振兴中取得"新的更大成绩"的殷切嘱托。

北川人很激动，备受鼓舞之下，想的是从"很好的样子"到"更好的样子"。通过一年来紧锣密鼓的奋斗，特色农产品发展和农旅结合稳步推进，道路拓宽了，游客增多了，农民收入增加了，石椅村被评为中国美丽休闲乡村、乡村文化振兴省级样板村。

永昌机场的启用意味着这个偏僻小县的新起飞。

北川通航并不是一则显眼的新闻，在信息爆炸的今天很容易就被铺天盖地的各种消息所遮蔽，却让我非常激动。

北川的特殊之处在于，它位于成都平原向青藏高原攀升的过渡地带，自然地理条件并不优越，甚至由于地理板块交接的位置而时常有地震、泥石流等自然灾害，并屡次遭受地灾的重创。从先期的发展来看，不惟无法同东南沿海的地利之便、风气之先与积累之势相比，较之一般内陆省份和平原地区也不具备先天的优势。

长期以来，北川似乎像无数县域一样默默无闻，直到新世纪以来出现了几个关键性的事件。2003年成立羌族自治县，2008年汶川大地震的受灾，2018年7月31日退出贫困县序列，2021年2月21日根据中央一号文件精神，全面进入到推进乡村振兴加快农业农村现代化的征途之中。正是在此期间，我从北京来到了北川，从此结下了不解之缘。

从2021年到2022年，我在北川挂职副县长生活了整整一年，亲眼见证并深度参与了北川在新时代以来的山乡巨变之路，它确实堪称新时代乡村振兴的一个

"很好的样子"。

仅仅数十年前,这里的人们还聚居在山谷河畔的略微平坦开阔之处,依靠着少量的水田与旱地生存,间或以入山行猎进行补给。山寨之外就是莽莽苍苍、密密匝匝的林木藤草,和庞大到几乎很难走出去的重重山峦。那些山峦并不稳定,常有震动。山巅之上因为海拔的缘故,总是盘旋萦绕着雾霭、轻岚或者厚厚的云层,它们变幻莫测,随时可能转变成蔽日的乌云或者降下毁坏性的冰雹,给房屋、田地和人们造成打击。这也就无怪乎会产生泛灵论的想象与实践。那些信仰植根于不可知的事物,随着现代化世界的打开,丛林与山谷袒露出它们真实的面目与内心,那些关于神灵与鬼魅的迷思,逐渐失去了其依托之处,它们被转化为一种惯性文化,成为寄托情感和召集亲友聚会的一种活动与娱乐方式。

人们新兴起的是对于现代化的向往,它来自新中国所带来的改天换地的激情,也来自改革开放新时期所敞开了的心胸,更来自新时代新农村建设的实践活动。在党和政府的政策设计与东西部协作的具体规划中,北川乡土迎来了异乎寻常的转型,人们穿越峡谷,跨过河流,开掘道路,走出深山,拥抱科学与技术,将历史与文化转化为资源，开拓了既稳步前行又维护生态的发展模式："生态立县、文旅兴县、工业富县、开放活县、城乡融合。"

这个山区少数民族小县，以其踏实稳健的前行，展现出踔厉奋发、不居人后的雄心。

按照规划，围绕通用航空、文化旅游、食品医药、茶产业、安全应急的"五大主导产业"，大力实施"五大攻坚行动"。它们包括产业倍增发展攻坚行动，解决好北川产业结构不优、链条不全等问题；交通设施建设攻坚行动，畅通产业发展、经济循环"大动脉"；城镇建设提升攻坚行动，持续提升城市品质，推进城乡深度融合发展；美丽乡村建设攻坚行动，建设有农家味道、城市品质的宜居宜业和美乡村；基层治理能力提升攻坚行动，以党建为引领，构建自治、法治、德治相结合的基层治理体系。在发展保障上，持续夯实创新驱动、法治建设、全面从严治党三个保障，为推动经济社会高质量发展，加快建成全省民族地区高质量发展先行县保驾护航。

这一切并不是凭空想象的乌托邦，而是建立在对县里既有自然资源、历史文化遗产和未来潜能的基础之上的切实行动。

广袤的中国大地上，县域是最为开阔而坚实的基础，不同的自然地理、人文积淀、生产生活传统，需要有针对性地采取因地制宜的发展路向。北川根据自身的条件，实事求是地将生态与文旅放在首位，是各级领导与广大群众群策群力的结果，经济依然是重心，但同时兼顾可持续性的平衡发展，为其他类似的欠发达地区树立了一个范式。

我在县里主要协助分管的是文旅产业，有幸加入到新北川的建设者队伍之中。文旅业形成了"六个一"的思路，即提升一个全域旅游规划，加快建设科技文创和康养休闲两个旅游园区；制定一套文旅行业标准，规范文旅市场发展环境，提升服务品质，打造良好口碑；实施"后备厢行动"，为自驾旅游者提供好服务，支持引导企业从精品土特产、非物质文化遗产、优质自然环境中整理研发一批特色产品和文创产品，扩大产品销路，努力把传统文化变成富民产业；打造一台实景禹羌文化演出，加大《少年禹传奇》城市超级 IP 应用和推广力度，办好《走北川》大型实景体验剧；扶持一批市场主体，进一步加大对市场主体和人才的扶持力度；营造一种全方位的旅游发展环境，在软、硬件两个方面同时发力，将北川打造成进入中国西北旅游环线的重要旅游节点。

一年之中，许多项目从无到有，从草创到完善，其中有对兄弟地区的模仿，也有自出机杼的首创，无论如何都让身处其中的人心潮澎湃。这也是我回到北京以后还一直时刻关注北川的原因。

当你真的在那里观察过、工作过、生活过、思考过，你会感觉到那里已经同自己融为了一体，它不再是一个抽象的空间、一块模糊的地域、一个远离自身的群落，而是鲜活的血肉，人们的音容笑貌、忧愁与欢欣、顽强与勇气都融化为自己生命的有机组成部分。我在北川获得了滋养，同它一起成长，自己也努力变成"更好的样子"。

永昌机场的首飞，让我看到了"通航+"运动旅游、教育研学培训、应急救援、物流运输、高端装备制造等多业态的融合，北川从此开始了空中半小时跨入成都经济圈，进入到低空经济的新赛道。

对于世代埋首躬耕于农田，辛苦奔波于山林的北川人来说，这是一个新生事物。它依托于科技的助力和生产要素的创新配置，开拓了产业转型升级的本地路径，从而摆脱了传习已久的水旱稻麦与养殖种植的生产生活方式。甚至可以说，这是新质生产力在中国偏远角落中具体而微的显现。

3月，油菜花盛开的季节，直升机赏花线路开通了，飞过县城鳞次栉比的街道楼宇，层峦叠嶂的群山巍峨肃穆，头顶上是湛蓝的天空，脚底下是碧绿的茶园，近处的万亩金黄，远处的晶莹雪山，绚丽柔和又雄健壮美。

这是新时代的新乡村：它走出了面朝黄土背朝天的刻板印象，而今有着无人机播种施肥、机械化收割、互联网销售的"科技+"农业；它不仅仅聚焦于农业，更多向创意产业和林牧养殖多种兼业齐头并进；山乡不再封闭，而是展现出开放的姿态，农村与城市差别在减弱；农民也摆脱了原先的耕作形象，在工业、商业和服务业等各个领域都呈现出崭新的风貌；相应的是人们对于自我、对于本乡本土的历史文化传统、对于中国乃至世界的重新认识。

山不相连水相连，水不相连人相连，我们都是同时代人。作为其中的一员，我感受到来自北川脉搏的跳动，体会到时代精神在北川民众那里的勃发，也审慎地认识到短暂的时间与停留不足以完整地理解它。我谨愿意在无数个回想的日子里，记下北川的体制沿革、地理特点、道路交通、历史记忆、禹羌文化、情感结构、人物形象、物产风俗、美食与非遗、创意产业……我不想假装成一个超然的模样，对它进行全知视角的"客观"描述；也不想像一般的报告文学一样，通过采访资料，去构建一个流光溢彩的地理空间；我只是从自身的观察入手，以一种泛人类学思维和社会分析的方式，记录一下时代与社会的变迁。所有这一切，都是因为我就是它的一个分子。

在世界行走，为北川停留。

去北川，观察、记录、思考、介入、想象，有我对于北川的有限感悟，也有北川赋予我的深厚温情，更有认识当代中国的期望。

在离别一年之后重返北川，我又增添了日新月异、时不我待的体验，感受到故交友朋、旧雨新知的恳切之感、殷殷之情。

作为历史的回溯、现实的见证和愿景的畅想，让我们踏上从老北川到新北川之旅。那里有清奇的风光、繁茂的景物，也有阜盛的历史、多样的文化，更有和煦的人民和新颖而别致的时尚变化，希望这些文字能够成为我们再次踏上北川之旅的理由和凭证。

一

重建家园

过去有三代人,由三代的神管着。
第一代神所管的人有现代人的九倍高,牙齿有九个手指宽,脚有九拃长。
那代地壳是木头做的。
地火上去,地壳烧毁,天翻地覆,那一代人都死光了。
第二代神所管的人有现代人的三倍高,牙齿有三指宽,脚有三拃长。
那代地壳是铁做的。
铁生锈,地壳稳不住,天翻地覆,那一代人也都死了。
第三代,神是东巴协日,他所管的人就如现代人那样高,牙齿是一指宽,脚如现代人的一拃长。
这时地壳是石头做的。
这样地壳稳住,人类也就生存下来了。

——羌族古歌《尼萨》

《寻羌》一书的开头提到松潘大尔边沟老人唱羌族古歌《尼萨》的情形，那是 2008 年 12 月，波及四边的汶川大地震刚过去半年，与灾区重建并行的是对羌族文化尤其是非物质文化遗产的抢救性保护工作，他在阿坝和绵阳下面的羌区做田野调查。《尼萨》讲的是开天辟地的过程，前两代人都在地壳的翻覆中毁灭，到了第三代才稳定下来。口头文学中还提到地壳稳定之后，地下还有一头牛，只要它动一动，就会发生地震。天神东巴协日用绳子将牛绑起来，但是忘了捆耳朵，牛耳朵晃动的时候，还是会发生地震。

　　这大约是生活在这片土地上的人们在历代的血泪教训中积累的经验，面对无常的大地，他们也无可奈何，所以留下了一个不确定的尾声。经验与预言凝聚在一起，成为古老智慧的总结。

　　无论如何，生活总会继续，人们不可能因为一个不可测的未来而踌躇不前。作为命运的组成部分，无常遭际被当作平常之事而坦然接受，这构成了四川西北部——从阿坝到绵阳、广元,从汶川到北川、青川一带——人民坚韧的情感结构。

十几年了,几乎有一代人的时间过去了,对于受创惨重的北川而言,如今的时代主题不再是抢救与自救,而是如何在重新建起的家园上繁衍繁盛、壮大生息。

2022年夏末的平常一天。上午我在北川县政府召集了一个小型会议,审阅本县参加"中华颂"全国小戏小品曲艺大赛的参赛作品,是一个用四川清音的形式讲述乡村振兴和生态搬迁的故事,涉及灾后重建与移民,以及新时代以来的脱贫攻坚。漫长的细节讨论会颇令人疲倦,午饭后,我回到宿舍准备休息一会儿。刚躺下就感觉沙发在晃,我知道是地震。

自从到北川以后,我经历了好几次类似的摇晃,对此种司空见惯的情形,我早已失去了一开始的紧张感,就继续躺着假寐。但是,这一次的震感比较严重,接着又是几次明显的晃动,门边的饮水机和立式空调机平移着滑行了一下,发出咯吱的声音。我忍不住爬起来从窗户朝外面望,正午阳光里,楼下没有人,只有知了凄厉的叫声,仿佛送别最后的夏日光阴。我返回沙发躺倒,几分钟后又来了一次余震，我再也懒得动了。我的房间在六楼，如果是大地震，跑下去无疑是来不及的，这栋楼是 2008 年地震后建的，可以抗 8 级地震。

本地人对小型地震习以为常，大多数时候漫不经心，浑若未闻。早在我第一次遇到这种情况的时候，就有人开玩笑地对我说："不用担心，小震不用跑，大震跑不了。"屡见不鲜后，那就该喝茶喝茶，该上班上班。这是在长久的连番折磨后形成的心理保护机制，说是麻木也可以，说是豁达也讲得通。

很快网上传来信息，9 月 5 日 12 点 52 分，甘孜州泸定县发生 6.8 级地震。

泸定与阿坝州汶川、绵阳市北川、雅安市芦山、成都市都江堰等地，几乎处于一条从东北向西南的地理直线上，这条直线的附近有三条断裂带，龙门山断裂带、鲜水河断裂带和安宁河断裂带，地震是寻常现象。

北川给我增加的一个新鲜经验是：手机时不时会收到世界各地的地震消息，国内的自不必说，远至拉丁美洲甚至大洋洲有地震，都会发来短信。这是北川应急管理局的日常操作，其他地方我不确知有无类似的举措，而在本地是常态化的。

两天后，北川县干部和群众聚集在县委门口为泸定、石棉灾区捐款。这完全是干部带头，民众自发的举动。虽然北川的人均收入谈不上宽裕，但捐款显得理所当然。这是北川人心照不宣的感恩心理——2008年汶川大地震中，本地受到了来自世界各地的爱心援助，从不曾忘怀。他们感受过关爱，掌心的温暖还在，有能力的情况下，会第一时间想着去反馈他人。

这是爱的传递。

在挂职北川之前，因不同的机缘，我陆续到过周边的巴中、阿坝、南充，也去过毗邻的广元青川，唯独没有到过北川。关于北川，人们知道多少呢？

它是地处川西偏僻山区的一个平常地方，类似的县级行政区划（如旗、区）在全国目前至少有2800多个。如果不去专门查询，多数人也许只是影影绰绰地听过它的名字，并不了解其内在的肌理。在更广泛的大众层面，它唯一可以标示的特征是在2003年被划定为全国唯一的羌族自治县，2008年地震的时候老县城曾经遭受灭顶之灾。

从地图上看，北川位于四川省绵阳市的西北角，北部连着平武县，西南部、西北部接着阿坝藏族羌族自治州的茂县和松潘县。地质学上，这块地方被归为扬子准地台与松潘－甘孜地槽褶皱的接合部，换个更易理解的说法，就是四川盆地向青藏高原的过渡地带，常有地层褶皱与断裂活动。

在没有永安、安昌等几块从安州区（原先的安县）划过来的平地之前，老北川县全境大部分地方都是峰峦起伏、沟壑纵横的山脉，大致以白什乡为界，西边属岷山山脉，东边属龙门山脉。

有山就有水，两条大的河流——青片河与白草河，平行地自西北往东南而下，被岷山下来、自西向东流淌的湔江（又称石泉河和北川水）截住，构成了北川县域的主体水脉。除了湔江，四畔山间密布的溪流还各自汇集于苏保河、平通河与安昌河，形成了网状与点状结合的水文地貌。所以，北川水系有"一江（湔江）五河（白草河、青片河、都坝河、苏宝河、平通河）四大沟（小寨子沟、太白沟、后园沟、白坭沟）"之说。其中安昌河穿过新县城，蜿蜒西北而去，在开阔河面上架起的禹王桥每到晚间就点亮灯光，霓虹彩灯照耀着两岸高大的芦苇，丛生的细柳，焕发出奇异的光彩，显示出这座西北山区边缘小城不甘的时尚之心。

　　山水纵横，风土奇崛，汉羌藏回多民族聚居，北川称得上极富特色。水道丰富，依山势而走，形成许多激流险滩，也使得境内依循地利建造了许多小水电站。这一点在云贵川的山区是普遍现象，其中四川的水电居于全国之首。我是有一次去成都参加水电站安全生产专题培训才了解这一点，可见平常观光式的旅游，无法真的进入到一个地方的内部。

　　北川像任何一个小地方一样，有着复杂而丰富的内在，外来者走马观花，并不了然。我花了大概一年的时间才把这些地理情况弄清楚。

　　一般人们对于北川的印象可能更多来自汶川大地震，在那之后，它的曝光度才明显增加。因为经常出现在中央媒体的新闻中，对于很多普通人而言，北川的知名度甚至堪比它的上级行政单位绵阳市。

　　2008年5月12日震惊中外的汶川大地震，是一桩分水岭式的事件。它在老北川与新北川之间清晰地画上了一条断裂式的界线，成为创伤性的集体记忆，镌刻在人们的心中。对于当地人而言，更是渗入在后来的日常生活之中，某种程度上甚至改变了北川人行为处事的态度和情感方式。即便过去很多年，人们在交谈的时候仍然会不经意间谈及亲历或耳闻的人与事的细节。

我想，哪怕再过许多年，当那些亲历者老去、故去，"5·12"大地震还是会被人们记起，它已经成为地方乃至中国历史与记忆的组成部分，就像1933年8月25日发生在隔壁茂县的叠溪地震，在后来衍生出形色各异关于"叠溪海子"的故事与传说，是地方集体记忆的沉积。

历史变成故事，故事又转变成传说和神话，这是真实事件在时间长河中流转所发生的常态。但是，十几年的风霜雨雪还不足以湮没事实的痕迹。我踏上新北川的土地，听到最多的就是关于地震中的种种悲怆而动人的故事。灾难带来巨大的损失和伤痛，北川却一次一次地在废墟中崛起，不屈不挠地如同凤凰涅槃一样获得新生。

一个冬日的凄风冷雨中，我经过属于曲山镇的北川老县城遗址，它完全成了一片废墟。房屋东倒西歪，道路破碎扭曲，可想而知发生地震时候的惨烈情形。四野无人，车子在巍峨的山间沿着湔江行驶，路依山而建，盘旋起伏，斗折蛇行。很多地方可以看到比汽车还大的碎石落在路边，都是山上在雨中滑落的，为了防止它们继续滚动，石头被勒上了巨大的铁索网，铆定在地面上。

那个时候，我忽然理解了为什么"危"有"高"的含义，危冠、危樯、危楼……"危"的古字形象就是人在山崖上，高而险。老县城两岸夹峙的高山，就是"危"山，它们过于巨大而邻近，发生地震的话，山间的人、车、桥梁与树木、道路与建筑，都无处可躲。汶川大地震十几年后，这里又经过数次余震、洪水和泥石流，虽然总体的形势还在，但地表已有了很大变化。即便今日，驱车行驶在修缮一新的道路上，仍然可以感觉到两侧耸立的山岩所带来的压迫感。

废墟上空空荡荡，只留下倾圮毁坏的建筑，矗立在显得荒凉的碎石滩上，房屋断折的茬口如同空洞的深渊，那是无声的诉说。当时的惨痛难以尽述，北川中学则最令人记忆深刻，学校就在山脚下，在山体推移中遭到了摧毁性的打击。后来的余震、暴雨和泥石流，使得老县城一楼以下全部被掩盖了，受难者同山阿融为了一体，它们短暂的生命重新成为大地的组成部分。

穿过老县城的路原是通往平武和九寨沟的必经之道，我第一次去的时候是冬季，又在新冠疫情期间，很少遇到车辆。清早的雾气笼罩，枯水期的湔江对岸山上，草木泛出枯黄，山岚蒸腾，远望已经看不出灾难的迹象，只余一片莽莽苍苍。大自然以其无与伦比的伟力将一切慢慢遮盖，人们却顽强地要记住这一切，将这一片废墟改造为一个祭奠、缅怀与警示的处所。这里面有一种直面痛苦的坦荡，一种时刻警醒的提示，一种渺小中的倔强。

人们通过媒体知道，"5·12"大地震受灾严重的汶川县映秀镇和水磨镇，我到北川之后才知道，北川虽然不是震中，却是当时受灾最严重的地区。

四川位于巴颜喀拉板块和华南板块的交界处，地质结构决定了它一直是地震频繁的省份。在东经104度以西，共有鲜水河、安宁河－则木河、金沙江、松潘－较场、龙门山、理塘、木里－盐源、名山－马边－昭通等多个地震带。如果从地理形貌来看，它们都集中在四川盆地向青藏高原以及一部分云贵高原过渡的台地山区。在北川老县城遗址不远处修建的5·12汶川特大地震纪念馆中，有一幅地图很直观地显示了当时受灾的概貌，从东北到西南展开的广元市的青川、绵阳市的北川以及阿坝藏族羌族自治州的汶川，三地呈一条东北－西南方向展布的斜线。"三川"都坐落在断裂带和褶皱带上，而北川正是这条线的中心——"桂溪镇－曲山镇－苏保河"一线就是北川大断裂带通过地段。

地震之时，北川全县20个乡镇（如今重新规划为19个）、278个行政村、16.1万人口全部受灾，农村房屋倒塌40124户、621.922万平方米，城镇居民房屋倒塌或损毁122.72万平方米、严重破坏25.68万平方米，14.2万人无家可归。县内道路交通和水、电、气供给以及通信瘫痪，行政、卫生、教育等基础设施全部被毁，360余家中小企业遭受严重损失，灾害造成直接经济损失585.7亿元，相当于2007年全县GDP总和的44倍。地震中遇难15645人，失踪4311人，26916人不同程度受伤。全县范围内山体大面积滑坡，新增581个大的地质灾害点，112个村的山体出现大裂缝，近30个村整村被山体滑坡和泥石流所掩埋；形成大小堰塞湖16处，对流域下游部分地区造成重大安全隐患，生态遭受严重破坏。余震频发，多达1万余次，其中6

级以上5次。

这些后来整理出来的统计数据，在外人看来是一个个理性而无情的数字，对于当事人而言却是实实在在落在头上的痛彻心扉。这种以万物为刍狗的自然灾难，是一种普遍性的无妄和共通性的痛感，指向于我们所有人的命运感，没有人是局外人，谁也无法袖手旁观。

在那样的时候，古老的神灵也无法给予护佑。地震中的释比，跌跌撞撞从屋里跑出来，大声地呼唤着自己的狗，希望狗能够制止住大地的颤动，因为在羌人的神话与释比的经典中，狗是大地的母舅。释比是古羌人遗留的一种独特的原始宗教化现象，是羌族中权威的文化人和知识集成者。他们是原来羌族社会的神职人员，如同汉族所谓的"端公"，有点类似于彝族的毕摩巫师，在不同的羌族居住地方的称呼略有差异，有"许""比""释古""释比"等。

释比经典里，天神木巴创造天地时，天总是立起来就垮掉，后来听从西王母的建议，用大鳌鱼作支撑，四只鳌足立在四方，成为撑天的柱子。鳌鱼变成大地后，有时会动弹，有时会眨眼睛，那么大地就会抖动，地上的万物就会跟着遭殃。当鳌鱼动弹的时候，它的母舅狗去咬它的耳朵，它就不敢再动，大地也就安宁了。因此，羌人在遭逢地震之时，总是"唖唖唖"地唤狗，希望它出来制服鳌鱼，平息震颤。但是，5月12日的下午，王治升释比唤起狗来，并没有平息狂怒的大地。他躲在墙角的楼梯下，无助地看着整个村子突然陷入死亡。祖先的经验失效了，既往的神灵似乎隐退了。

真正前来营救和提供帮助的是人，是四邻左右、亲戚朋友，是四面八方赶过来的军队、医生、志愿者……北京第一时间做出回应。中央领导人很快就赶到了北川羌族自治县现场，指挥抢险救灾工作。

北京到北川3500里，但天涯咫尺，距离并没有阻隔两地的紧密联动。

地震带来毁灭性的苦难与难以忘却的伤恸，同时也包孕着重生的契机。这些来自北京的关切，以及全国各地乃至全世界的倾情投入，后来成为北川重建和发展最为倚重的资源。北川的百姓和历任官员说起这些来都充满感恩之情，那种发自内心对于政府的信任、对于全国各地各民族同胞的感激，体现在日常的点滴之中。

春节前某一日，我带着联络员去马槽乡慰问几户人家。到一户人家的烤火房，火塘边坐着一位老太太，乡长介绍说，领导来看你了。她准备起身，但腿上可能没有力气，挣扎了几下。我赶紧过去试图搀扶住，她倒是一下抓住我的手，紧紧握住，把我拉到她身边的小凳上坐下。这时候我看到她的眼睛里已经溢出了泪水。她急切地跟我诉说她被儿媳妇欺负，现在这是她女儿女婿家。来之前我已经了解过情况，她儿子和女儿家的经济状况都挺不错，但儿媳有点偏执，所以女儿把她接到自己家养老。这种家长里短事一般别说乡干部，就是村干部也没法插手。

其实老太太在女儿家生活得更惬意，不缺吃，也不缺穿，就是平日一个人在家孤寂，山里乡亲离得远，腿脚不方便出门，看见干部来了，就想多说说话、谈谈天。至于县里的干部能否教育好她的儿媳，倒在其次。这让我又羞愧又感动。那一刻，我实实在在感受到她对"政府"的依赖，就像那种留守儿童或者空巢老人见到归来的家人时候的感情。只有长期、定期自上而下传递出去关怀与关心，才能形成难得的信任。这个场景令我久久难以忘怀，后来多次跟朋友描述过。

我没有太多基层工作经验，间接的经验多来自传媒与文艺作品。到了第一线才感受到基层干部的艰辛与付出，这其中无论干部作为常人本身的素质与内在的欲望有多少参差不齐，他们实实在在的工作中，确实是从民众的角度行事。北川能够从挫折中重获新生，民众的自救之外，正是来自从中央到地方各级政府所组织的驰援与帮扶，和这些本地工作人员的落实。

当年的北川老县城位于曲山镇，震后一片疮痍，已经被确认不再适合居住，党中央、国务院决定"再造一个新北川"，在30公里外原属安县黄土镇和安昌镇的一部分的土地上，异地整体重建了新县城。

当年5月23日，中共北川羌族自治县委、北川羌族自治县人民政府进驻安昌，建立了临时办事处。经过中国城市规划设计研究院项目组的多方考察论证，国家抗震救灾规划专家组把北川县城的重建地点初步选定在安县（如今的绵阳市安州区）的板凳桥。新县城的选址工作由成都军区某测绘外业大队承担。从7月4日开始，51名官兵分成8个小组，夜以继日地在新县城板凳桥12平方公里的选址范围内连续奋战一个月，8月5日完成测绘工作。11月初，国务院常务会议正式审查通过北川新县城选址，12月，新县城被命名为永昌镇，取的是永安镇的"永"与安昌镇的"昌"两个字，同时寄寓着永远繁荣昌盛的意思。

如今来新北川的人，一般都会到老县城遗址去看一下，十几年的风吹日晒雨淋，中间又经历了余震、泥石流、滑坡、洪水的数次侵袭、冲刷、蚀刻、掩埋，当年被震垮的楼宇底层几乎已经全部被泥沙埋藏了。2020年8月15日的洪水更是淹到了地表一楼以上，潮水退后，露在外面的断壁残垣依然让人触目惊心。我数次到这里，尽管已经很熟悉，但每一次内心都会受到很大震撼，不由自主地生出感动，为生命力的顽强，为人性在危急关头所迸发出来的光芒。那是对心灵的净化，对情感的陶冶，也是对人类精神的感喟。后来，只要有朋友来北川，我总是会带他们到这片遗址去走一走，体会这块土地的苦难、坚忍和生生不息的顽强。

同一种创伤，伤害的地方与程度是不一样的。日子向前，生活还要继续，遗忘是自我防御机制的一种，很多北川人现在已经不怎么愿意去追忆当年的细节，而将那些痛苦隐藏在内心深处。从碎片中创造出新的完整的自我，虽然是一个艰难的历程，却也是必然的选择。

也有那种难以走出心理困境的人，在老北川中学遗址上立了一块牌子，上面是一位失去孩子的母亲写的信。那个悲伤的母亲每年都会写一封信，逢到清明和5月12日那天都会来看望。她不是祭拜，而是寻找，她的手机号一直没有换过，因为当初她孩子的遗体没有找到，她心中坚信他可能还在。这个执念支撑了她十几年。随着时日的流逝，也许重回旧地寻找的结果已经不再重要，她的行为已经成为一种仪式，一种另类的凭吊。有时候，可能人们都需要靠这样的精神寄托来挺过人生中的黑暗时刻。

就像那杆至今屹立在遗址上的红旗。它原先立于北川中学新区（原茅坝中学）操场中间，山体滑坡下来，整个学校被山石泥土往前推了十几米，教学楼和一应建筑悉数掩盖，那杆红旗却奇迹般地依然竖立在那里，成为一种关于信念和勇气的象征。

我数次带友人到地震遗址祭奠，有时候阴雨绵绵，有时候艳阳高照，可能过去的惨痛过于激烈，以至于即便在那些阳光明媚的时刻，劫后重生的草木葳蕤茂盛，空气中的湿气依然散发出凄楚的况味。

▲ 航拍北川老县城地震遗址

到地震纪念馆，可以看到对"5·12"地震的详细记录，完整而充分地体现了"一方有难八方支援"的情义。可以说，新北川的建立与国家的统一规划、兄弟省市的对口援助分不开关系。2008年5月24日，山东省对口支援北川羌族自治县建设前线指挥部在北川成立，对口支援建设工作全面展开，板房建设正式开工。到当年底，距离新县城18公里的擂鼓镇猫儿石村在废墟上神奇般地重现，成为地震后最早建成的羌族寨子，新寨取名"吉娜"，是羌族传说中最美丽女神的名字，69户居民顺利搬入新居。同时，产业园区发展总体规划洽谈会召开。由山东援建的北川－山东工业园总体规划已获国务院批复，位于新县城西侧的工业园规划占地2平方公里。一个月后，淄博市援建北川的第一个异地重建场镇——香泉乡场镇工程竣工并交付使用……

　　　　太阳晒化了冰雪，
　　　　和风吹散了乌云；
　　　　严寒的冬天过去，
　　　　绚丽的春天又临。
　　　　灾难已经过去，

吉祥的日子来临。

如今走在新北川的街头，看到林立的楼宇，宽阔的道路，整洁的绿荫与绕城而过的河流，绝不会想到早先曾经是田地与荒野。整个县城的建筑规划风格既充满现代工艺美学的简洁明了，又富于羌族传统文化的特色，政府机构办公区的各单位建筑外观都是羌式石垒的形制，色调统一为褐黄，与青山绿树碧水形成有机补充。居民社区也有相应的设计，尔玛小区面积最大，包含了好几个子社区，门口立有羌式石寨门，禹龙小区同样包含禹福苑、禹和苑、禹祥苑等子社区。这是新北川最大的两个小区，主导的元素是禹羌文化。

经过灾后重建，基础设施得到堪称彻底的改善，人们在焕发出新的生机与气象的土地上重整旗鼓。北川本地人很快从震惊与悲痛中走出来，投入到新生活的建设之中。当年援建的许多山东人留在了本地安家，我认识的人中就有政府的公务员和经商的生意人，他们融入到本地，口音和外貌都同本乡本土没有太大差异。由北京到北川、从山东到绵阳的联系，一直延续到如今。

2023年1月18日的清晨，天气颇为寒冷，逐级向上前往半山腰石椅村的石阶上蒙上一层细细的薄霜。山寨门上两旁的桂花树上系满了红色的丝带，宽的是羌红、窄的是吉祥带，在山风中猎猎作响。很多人还在睡梦中的时候，文化广场上已经聚集了许多穿戴整齐的村民，初冬的寒意似乎阻挡不住他们的热情。他们的面孔洋溢着兴奋和期待，他们在等待着一个对他们而言无比重要的时刻。

11时25分许，当习近平总书记与石椅村的视频连线接通的那一刻，人们自发奉上了热烈的掌声。在聆听村民代表汇报后，总书记称赞"新时代的乡村振兴，要把特色农产品和乡村旅游搞好，你们是一个很好的样子"，并且勉励大家："一起迈向共同富裕，生活越过越红火。"

石椅村位于新县城北面的曲山镇，距离大约30公里，过去是以种植业为主的普通山村羌寨，在2009年之前，这个文化广场还只是一块平淡无奇的坡地。如今成为新时代乡村振兴、农旅结合的样板之一，是中国少数民族特色村寨、全国"一村一品"示范村、全国文明村，每年约有20万游客来到这里随羌歌起舞。农业以枇杷、桐子李、苔子茶等特产为主，旅游特色则在羌年、祭山会、领歌节为代表的羌族文化上。

我前不久偶尔在旅途中的飞机电视上看到《山水间的家》一集，就是李敬泽、撒贝宁和陈数在石椅村拍的。他们正赶上枇杷收获的季节，还参加了"坝坝会"（山民面对面的议事会）和萨朗舞。离开一年，再看到一些熟悉的面孔，备感亲切，其中有一位就是母大爷。

石椅村的文化恢复，母大爷功不可没。母大爷叫母广元，是都贯乡人，出生于1942年，从小就热爱传统文化，长期致力于挖掘、收集、整理羌族民间文学。他口才极佳，羌文化修养深厚，对于各种礼仪习俗了如指掌，2008年被认定为四川省级非物质文化遗产代表性项目"羌年"的代表性传承人。2009年，他参与组建了"北川石椅羌寨文化旅游有限公司"，就在如今声名远扬的石椅村核心位置。

但凡见过母大爷的人都不会意识到这是一位耄耋之年的老人。他身形高大，称得上虎背熊腰，穿着羌袍气场强大，更兼精力充沛，反应敏捷，出口成章，幽默风趣的话往往能让人们开怀大笑，完全不像80多岁的样子。第一次见到时，他就妙语连珠地跟我介绍了石椅村的来历——寨后山腰上有一块凹进去的平台之地，坐落着两张天然形成的并排石头椅子。那两张石椅在特大地震中没有受到损坏，因而被视为可以带来福气，坐上去可以让有情人终成眷属，求子的夫妻会得偿所愿，甚至面临考试的孩子也会被护佑。这些显然是附会出来的，但在经历了生死之后的村寨里，它们寄托了美好的祝愿和慰藉。

石椅村的山门对外树立着一副对联："天赐石椅羌寨，神造火盆仙山"，对内的则是"祝福酒歌唱响尔玛奔放豪情，欢乐沙朗跳出羌山粗犷神韵"。"尔玛"是羌人的自称，音转在古籍中记载为"冉駹"，"沙朗/萨朗"则是羌族的集体舞蹈，类似于藏族的锅庄。喝了迎门酒——一种本地玉米酿制的土酒，进入山门后便是文化广场了。沿着广场往山上走，是村部和各家各户的住宅。我去时，路边的石墙上，用羌语音译写着标语："纳真是格热哈喔（中国人民万岁）！""嗯唻达度日撒（中国共产党好）！"

标语表达的是北川人对党、对北京、对全国人民的质朴感情，确实，如果没有党和全国人民的关切，石椅村乃至北川人不可能这么快走出灾难的阴霾。

2008年不仅仅对于北川是关键的转折点，同时也是中国形象与中国故事发生巨大转型的一年。5月汶川大地震后的救灾与重建，见证了党和政府如臂使指的高效率组织与动员能力、人民军队的奉献精神、广大民众的众志成城，让中华民族获得了空前的凝聚力与影响力。

老北川和新北川就是在这一年发生了根本性的变迁，它背负着惨痛记忆，重装上阵。我记得3个月后的北京奥运会上，火炬接力的口号是"点燃激情、传递梦想"。人们在那个全球瞩目的场合，希望用一种全民的激情与梦想，开启一个新的未来。3年后的2011年2月1日，北川人在新落成的禹王桥头举行了开城仪式，北川新县城正式诞生。开城仪式的主题就是"开启永昌之城，点燃幸福之火"——接续的就是自奥运而来的"点燃"和"传递"的精神。

从2022年11月开始，我用了大约半年的时间，断断续续把北川下辖的19个乡镇都走访了一遍，大山之中道路崎岖，景物迥然，乡风差异，民情有别，这是新的北川。古老的山川经历灾难后依然故我，它们在亿万年的时间中可能经历过无数次类似的情形，依然留下了一个生态和谐，环境优美的所在，此间的人民繁衍壮大，锻造出与先辈截然不同的生活。他们早先放羊、牧马、播种、采拾果实，后辈们则在谋求新的高质量发展，开采矿石、制造飞机、发展文旅、升级产业。他们重建家园，谋求一个"更好的样子"，这一切都是生活。

我踏在北川的土地上，越过蜿蜒曲折的峭壁，蹚过溪涧中奔腾的流水，看到山坡上蓬勃的草木，目睹民众平静而坚强地在沟壑谷地间劳作，深深地折服于蕴藏在人民中的顽强伟力。他们在世代生息的家园上无怨无悔，敞开心胸，接纳命运的一切剥夺与赐予，接受生活的所有伤害与馈赠，辛勤务实地工作，踔厉奋勉地奋斗，从未丧失创造美好生活的信念。这些景物人事，让我一次一次地重新理解了，为什么"再大的困难也难不倒英雄的中国人民"。其背后隐藏着中华民族历久弥新、旧邦新命的秘密。

羌人民间叙事诗中，天神阿巴木比塔的女儿木姐珠与人间的男儿斗安珠相爱，遭到木比塔的重重阻挠。木姐珠和斗安珠经过三重考验，翻过喀尔克别山。木比塔举剑将界山劈为两半，从此人神之间被隔离开来。失去了天神的庇护，两个人并没有气馁，而是通过自己的劳作，亲手创造幸福。

> 喜鹊筑巢辛勤衔百草，
> 蚂蚁打洞群力日夜忙；
> 木姐珠和斗安珠，
> 为幸福哪怕汗流淌！

最终，他们迎来遍野的麦浪，累累的青稞，成群的禽畜与淳厚的美酒。斗安珠敲起羊皮鼓，木姐珠伴歌舞翩跹，唱起酒歌庆祝丰收，享受劳动带来的甜香。在那歌声中寄托着自豪与自信：

> 人间更比天上好，
> 我们的信心倍增添；
> 创造幸福靠双手，
> 前进还须攀高山！

二

跨越曲山关

罢兵吧罢兵吧!
从此山梁无阻,
界桩枯朽了;
从此江水长流,
界桩枯朽了;
从此大田丰美,
界桩枯朽了;
从此房顶安乐,
界桩枯朽了。

——羌族英雄史诗《泽基格布》

澳门的一位朋友到北川来看我，我带他沿着县城东南面的安昌河散步，在河堤上看着东岸的山脉时，忽然意识到，不同于原来的老北川县城处于群山之中，是山间之城，而新北川县城坐落在安昌河畔，是一座山边之城。它们之间隔着一道"关"。

初来乍到的人，尤其是习惯了正北正南走向的北方平原的人，很容易被北川"关内"和"关外"两个名词搞糊涂，我刚到北川的时候也一样。北方或者中原地带说到关外，往往是指偏僻辽远之地，比如山海关外、嘉峪关外；在北川，"关外"反而指的是人口较为密集繁荣的新县城和永安、擂鼓等几个平地多一点的乡镇，"关内"指的原县域曲山镇西北部分，基本上都是高丘茂陵与河谷岩地。这个"关"特指曲山关。

2008年，县城从曲山关内搬迁到关外，从山峦围绕中冲出阻障，同绵阳市区的距离拉近了，让北川的核心地理格局发生了根本性的转移。原先老县城是北川的地理中心，同市区隔着数重连绵的高山，交通不便，发展亦受到限制；新县城则坐落在北川东南边缘，走出山川的封闭，在平畴之上眺望东南，是开阔的成都平原。

中心从关内到关外的整体性空间位移，显示了从被动困守到主动开放的路向：关外是开拓的前沿，关内是稳固的后方。地理的调适，同样也是心理的转变。早先的中心、治城、小坝等关内三区是少数民族聚居区，关外三区则主要是汉族居住区，史书中的"青片番"指羌族，"白草番"则是藏族。跨越曲山关，不仅羌藏汉等民族之间的地理区隔被打破，同时更是向更广阔的世界敞开了北川幽深的内在，对于世世代代拘囿于险峰深谷中的北川人来说，不啻是一个全新的开始。

曲山关在老县城曲山镇。曲山位于湔江右岸，民间传说二郎神捉拿孽龙时，孽龙原本欲西出大山，但闻狮子山上有人擂鼓呐喊，遂掉头向邓家渡方向而去，江水也随之急转向东。因此，它又被称为回龙。老县城北面的山梁是从绵阳到茂县的绵茂古道的必经之地，山上有一个隘口，唐代叫做松岭关，明代设有军堡，清代始废弃。这个山梁于是便被后人称为旧关岭，也就是曲山关。

新中国成立后的20世纪50年代，人们凿穿旧关岭的山麓悬崖，建成了沿着湔江前行的公路，从此就不需要绕行很久翻越关梁了。尽管关堡废弃，但曲山关这个沿袭已久的地名却留了下来。

越过曲山关的新县城永昌，修建在原属安县的安昌镇和黄土镇交接的河畔平地之上，并非自然形成的城镇，而是从一片榛莽蒿莱中无中生有地创造出来的。群山与河流的限制，让平地弥足珍贵，新城在有限空间里无法像平原上做到方圆板正，只能因地制宜，随河流而走。重建之初，新县城就有明确的规划，在自然山水的基础上，羌族碉楼和现代楼房交错，夹杂绿地、公园、广场与河流，植被和沟渠都整饬得井然有序。新北川县城中心地带是羌城旅游区，东北方向的羌族民俗博物馆与西南方向的禹王桥构成一条西北向的斜线，中间是新生广场、禹王广场和巴拿恰（羌语中意为"做买卖的地方"）商业步行街，规划谨严，条理清晰，很容易辨识，这块区域也就形成了一个5A级景区，为外来者必游之处。

县政府里没有会议或者其他工作安排的时候，我一般都会下乡调研——熟悉民生民情本来就是我工作的组成部分。除了新县城所在地永昌镇周边的几个乡镇，一般下乡尤其是深入西北方向，都要经过 7 个连续相接约 10 公里的隧道，分别是唐家山、马鞍山、漩坪、黄皮沟、十里碑、大马桩、小马桩。那些北川腹地，早先牢笼于崇山峻岭，与外界仅靠崎岖山路联结，进出都不是易事，民风民俗也更为素朴原生。这些劈山疏通的隧道，凿开浑沌，接踵连绵，穿越从曲山镇、漩坪乡到禹里镇的重重山峦，联结起关内与关外，通往无垠世界与无限未来。

以曲山关为界，关内指的是偏西北的漩坪、白坭、禹里、开坪、小坝、桃龙、片口、坝底、马槽、白什和青片等 11 个乡镇，关外指的是偏东南的永昌、永安、曲山、擂鼓、通泉、陈家坝、桂溪、都贯等 8 个乡镇。其中，永昌和永安是 2008 年地震后从安县划归到北川的，而通泉则由此前的通口和香泉两个乡合并，都贯由贯岭和都坝两个乡合并。之所以合并，有多方面考量，最主要的是人口流出和经济指标的因素，这都是晚近几年的事。普遍来说，关外的经济情况要好于关内，关内受限于嵯峨群山，几乎没有什么工业。

如果站在曲山的角度来看，如今的关内、关外的说法弄颠倒了。按照本地人的解释，这是由北川县城的变迁造成的。从魏晋南北朝时设县开始，北川管辖的主要是青片河流域，唐高宗年间，北川并入石泉县，一直到有清一代，石泉县管辖的区域都只限于如今的关内地方。

雍正三年（1725年），擂鼓及曲山到陈家坝一带，才由平武县划归到石泉县，它们同此前的辖区共同构成了如今北川县的主体范围。那个时候，石泉县的县城设立在禹里镇，站在禹里的角度来看，曲山关西北是"内"，东南是"外"。1952年，县城从禹里搬到了曲山，但人们口头上习惯了的说法却没有随着行政沿革而改变。这个由来存在着一个由历史沿革所造成的错位，不过也显示出一个意味深长的视角问题：即"关内"显然是原居民从主位角度的说法，这意味着，禹里为县城的古石泉县域是以羌民和白马藏人为主要居民的区域。

原以为北川只有曲山关，后来才知道在《明史》中记载，石泉县境内还有石板关、奠边关、大方关和上雄关数处，它们大多兴建于有明一代，透露出此际为中央王朝对此地军事开辟与文化开拓的重要历史时期。但凡涉及关隘军堡，可以想见山势之险峻和帝国势力所及的范围，它们显然是地方族群与中央政府之间势力交冲的地带。

"关"是界线，是屏障和保护，所隐含的意义就在于，它所辖制的区域虽然以少数族群为主，但已经是习俗有了很大改变的"汉区"。生活在"汉区"的羌民是熟羌，之外的就是生羌，这种情形也出现在中国的其他地方，比如湖南湘西土家族苗族自治州凤凰县里遗留的南中国长城，原初就是苗疆边墙，"生苗"与"熟苗"分界。在各民族碰撞互渗的过程中，不同的族群在交锋中交流，在交往中融合，最后都成了中华民族共同体的一员。

作为一个关键性的地方节点，"关"一方面意味着隔绝、险阻与防御，另一方面也是通道、中介和联结。进山7个隧道中的第一个就是312省道上的唐家山隧道，从老县城背后穿唐家山堰塞湖垮塌体而过，大致位置就是旧曲山关所在之地。这个隧道很长，有3500多米，开工于2009年，2012年贯通，是松潘、茂县和北川数十万人的生命线。

山体在震后变得松软，又因经常受到暴雨和泥石流影响，隧道的状况并不太好，我在北川的一年里，它好像一直都在检修中，雨水多的夏季则会让隧道里的路更加泥泞，头上悬着的山石穹壁不时有水滴落在车顶上，砸得咚咚响，每次经过都会让人感到很压抑。2022年夏天，隧道口发生了一次泥石流，很长一段时间隧道只能半边通行，另一半则在修复渗水造成的路面坑洼。每次经过，我都忍不住会想起土耳其诗人塔朗吉的诗歌："但愿一路平安／桥都坚固／隧道都光明。"

从入隧道前的筲箕湾大桥上，可以看到幽深陡峭的沟壑，如果没有这个隧道，翻山越岭可能需要一天的时间。这个时候，你会深刻体会到李白1300多年前的诗句不是浪漫主义的夸张，而是现实主义的素描：地崩山摧壮士死，然后天梯石栈相钩连。上有六龙回日之高标，下有冲波逆折之回川。黄鹤之飞尚不得过，猿猱欲度愁攀援。青泥何盘盘，百步九折萦岩峦。

北川的关内关外虽然说不上是两重天，但物候的差异确实随着崎岖险道的深入而逐渐增大。逐渐深入关内的过程，就是从成都平原边缘向青藏高原地带前行的过程，关内所在的龙门山就是平原与高原之间的山峦丘陵。关内基本上是由青片河和白草河两块（条）流域构成，海拔较关外为高，大约在1000到2000米之间，相应地，气温则要低很多，寻常七八月间，市里与县城已经溽热如蒸笼，一进到山里就自然清凉起来。

7月初那几天特别热，我正好去各乡镇现场办公，白天灼热的阳光一会儿就把人烤得汗流浃背，晚上住在开坪乡的一处叫做西羌幽谷的民宿，吊桥与流水一下子让人清爽起来。开坪同隔壁的平武县相接，生态极佳，共同拥有一片大熊猫保护基地，河谷幽深处，四周密林修竹，晚上居然凉到要盖被子。

关内的道路也比关外要难走，道路基本上隔一年就会被水毁一次，很多地方碎石嶙峋，普通的汽车底盘太低，无法前行，需要换成越野车。记忆比较深的一次是，从与阿坝州白羊乡接壤的青片乡最远处返回，由于沿着青片河的道路正在修缮，我们只得从山梁翻过。一路上尽是窄到仅通一辆车的乡道，因为通行之人很少，乡镇上财力有限，无法面面俱到，部分道路的硬化部分被山洪和滑坡毁坏没有及时修复。山路九曲回肠，有时候是"之"字型的转折，坡度最高甚至能达到30度，如果稍不留神翻下山去，就会粉身碎骨。常走此路的本地司机驾轻就熟，一点没减慢速度，看上去险象环生，换一个外地司机肯定不敢这么嚣张——注意力一旦不集中，我们滋溜一下滚下去，几千米的陡坡，那就是九死一生了。

从磨基沟到鹰嘴岩和上寨子这段最为艰难，感觉在云端上前行。山上种了大量笔直而光秃秃尚未发荣的厚朴，也有一些叫不出来名字的杂木，初春之中地气变暖，虽然大片的山呈现出苍灰的色调，却也夹杂着翠绿。漫长的山路令人身心俱疲，偶尔车子下到山谷，路转弯间忽然看到沟对面的坡上几点嫩黄，是油菜花，会让人心中一阵欣喜。

苍茫莽野之中倾泻出来的生意，是满目绝壁巉岩里的安慰，隐含着不屈的生命意志。关内的乡镇多是这样，桃龙是夹在两条河之间的藏族乡，本无多少特别之处。我在妇女节那天赶到桃龙场镇参加活动。场镇虽然不大，却很精致，房屋与建筑都规整簇新。

后来乡长告诉我，原先的情况并不是这样。2020年的暴雨灾情非常严重，泥石流已经淹到乡政府的一楼。当时还有一个办公人员留守在楼内值班，没有想到山洪那么凶猛，眼见砂石树木被泥水裹挟着席卷而来，却束手无策，只能绝望地在楼上等待命运的安排。好在天无绝人之路，泥石流即时止步，没有进一步往前推进，楼也没有坍塌，否则后果真不堪设想。灾情过后，乡政府立即组织人员清理淤泥，修缮损毁建筑，一年之后才是如今这番新鲜生动的模样。

他们回忆这些的时候，语气温和而从容，那惊心动魄的一幕不过是命运微不足道的插曲。大山深处的农民坦然接受生活中的一切遭际，宠辱不惊，乐天知命，就像那些经冬不凋的草木，在冰雪中孕育着再次蓬勃舒展的萌芽。

"关内"的内部还有一个"关"，也就是小坝镇的走马岭，按照本地人的说法，是西迁羌和白草羌之间的分界。白草羌在犬戎入侵、周平王东迁时候就迁徙过来了，西迁羌则是秦以后的事。白草羌跟白马藏人一样，同古氐人之间的关系比较密切，而羌族史诗《羌戈大战》中的戈基人可能是原先迁徙过来的古羌人的遗脉（或也可能已经同氐人混血，目前学术界尚无定论），较早接受农耕文明，而西迁羌人则更多是游牧文明为主。两个族群经过激烈的争夺厮杀，最终血乳融合，和平共处。这些民间说法未必学理严谨，倒是反映出朴素的记忆与认知。

《羌戈大战》可以视为羌人在流动中建立家园的微缩历史，罗世泽先生在20世纪80年代初曾搜集整理翻译过，2008年出版了四川省少数民族古籍整理办公室主编的《羌族释比经典》，较前内容略有参差与丰富。参考前者，根据后者，史诗吟唱中，羌人最初原居住在西北的旷野戈壁、莽莽草原，后迁徙到岷山的草原地带，牛羊兴旺，羌寨欢歌，羌笛声声，口弦委婉。但是北方的魔兵气势汹汹而来，烧杀抢掠，打破了太平祥和的生活，羌人被迫西行寻找新的家园。羌人部落被冲散，分为九支各奔一处。其中，阿巴白构率领的一支迁徙到如今川青两省交界处的蒲格山（有的版本称补尕山）下，暂时安营扎寨，获得喘息之机。阿巴白构拜天界的锡拉始祖为师，被授以写在白桦皮上的经书和金竹根做的神箭，能预知三日的天上事和三年的人间事，这让行军迁徙变得顺利了许多。某天在林荫间休息，阿巴白构在读经书时疲劳缠身而睡去，经书落在地上，被风吹散，白山羊偷偷将经书吃了。阿巴白构模模糊糊记不全经书，从此天事和人事都变得茫然了。他怒杀白山羊，将它的皮扒下来做成鼓，敲着鼓还能断断续续背几段人事，天事就完全记不起来了。这个情节解释了释比和羊皮鼓的缘起。

失去了经书的阿巴白构变得忧心忡忡，"过去的事难回忆，往后的事难预见，只有勇往抗顽敌，不辞艰辛把兵练"。在日嘎岭上驻扎的时候，魔兵鼓噪围攻而来，阿巴白构带领族众血战三天三夜突围，人马损失过半。敌兵追赶甚急，幸遇天神木比塔丢下三块白石，变成三座雪山，阻挡住敌兵，羌人方才得到喘息之机，砍木为船，杀牛造筏，渡过了急流，迁至松潘草原。

热兹的坝上草原，林密草嫩泉水甜，土地肥沃牧场广，山花野果遍山野，是天神祝福之所，重建家园的好地方。"九沟建了九座寨，寨寨之间碉楼修，碉楼顶上烽火堆，对敌来时能望见，九坝中央修羌城，好把百事来掌管。阿巴白构住中间，羌兵羌将守四面。"经过多年发展，族群逐渐壮大，牲畜蕃育，安居乐业。

好日子持续了一些年，寨中忽然陆续有牛羊丢失的情况。后来查明是戈基人抢掠造成的，他们甚至还想抢占寨子。双方交战于日补坝（羌语中的茂汶县），戈基人凶猛善战，两边相持不下。羌人祈祷天神阿巴木比塔。

当两个族群集中在日补坝交战时，木比塔授羌人以木棒，给戈基人以麻秆，羌人毫发无损。天神又把双方引到阿如山上的坪坝继续开战，给羌人白石头，给戈基人白雪块，结果自然又是羌人胜利。然后，天神再把羌戈带到乐依山的悬崖峭壁边上，对他们说岩下面是幸福的乐园，谁先到达岩脚下，天下的牛羊就归谁管。羌人预先做好准备，扎了许多草人穿上衣服扮作真人。木比塔到崖上把草人一个个掀下去，探头问岩下的生活怎么样。事先藏在山下的羌人欢腾雀跃地说好。

天神又让羌戈比谁先上天庭、谁先下河坝、谁劈柴力气大，戈基人又都输了。最后，他降下洪水，乘船的羌人得以幸免，戈基人又遭受重创。羌人在茂汶重建家园，得以兴旺发达，白构将其九子以及十八首领分别派驻各地，形成了现今的羌人区域。

史诗中唱道：

格溜地方真是好
绿水青山近眼前
四面环山水草茂

气候温暖宜居住

格溜地方三条河

沿河尽是大平地

大河上头九条沟

沟沟翠绿山果甜

格溜在如今的阿坝州茂县境内，在羌戈大战后成为羌族的家园，而戈基人与羌人在战后也逐渐融为一体，就像炎黄大战后的交融一样。羌戈之间的你来我往和迁徙流动，是人与人、人与空间之间的相互适应与磨合。族群与地方之间的联合并不是固定不变的，羌人历时千年不断播迁，与原先的土著争夺生存空间，也不断地彼此吸纳对方。在茂汶一带立足后，羌人到宋代以后逐渐稳固起来，成为带有较为鲜明特征的族群。

元代的族群治理比较宽松，明之后对羌人进行了几次征伐，开坪的永平堡等地就是当时留下的历史印迹，而走马岭则是当初生羌的防线。

明嘉靖二十六年（1547年），走马岭曾发生一场大战。起因是白草羌不服中央政府，时常侵扰龙州（今天的平武县），1543年，白草羌酋长自称皇帝，并封李保将军、黑煞总兵等职，发动了更大规模的骚乱。1545年，白草羌趁官军防御松懈之机，聚集数千人发动突然袭击，攻陷了今开坪乡大鱼口的平番堡，数百官军被俘，继而将其活动范围扩大到石泉县直接管辖的白坭等地，阻断官军的粮草运输线。

骚乱发生后，松潘副总兵高冈凤应对无方，被撤了官职。四川巡抚张时彻等接连上奏朝廷，请求派调驻防卢沟桥的原松潘总兵何卿回川主持平羌大局。1546年，何卿受嘉靖皇帝之命与张时彻一道平定"白草番乱"，大约于这年春季从京城回到四川。返任后立即谋划计策，平定北川一带的骚乱，并修建了永平堡。

官军从石泉、坝底、龙州三处发兵进攻，在走马岭与羌人展开决战，然后分路进击，占领了白草羌的大本营。明军发兵进攻的时间是1546年农历腊月底，占领白草坝的时间是1547年正月中旬，历时十余日。官军取得的战果，在《明史》和《石泉县志》中所载基本相同（可能后者就是照抄前者的），白草羌凭恃的山险防线与堡垒全部被攻破，武器被收缴，物资被清理，受到沉重打击。自此，剽悍刚猛、盛极一时的白草羌走向衰落，只留下白草河的名字及于今日。

走马岭的古战场位于峻岭山头之上，汽车开不过去，我顺着山路边的斜径往上走。道路雨迹未干，我挺后悔没有穿登山鞋，好在路面铺了一些碎石，脚不至于陷入到湿滑的泥土里。小坝镇的贾书记介绍说，明代走马岭大战后，此地尸山血海，以至于后来山顶上都不怎么长草木。这个说法有些夸张，我看草木倒是有一些，之所以稀薄估计是因为海拔较高、气温较低、雨水不足。此处地势居高临下，鸟瞰四周，令人胸胆开张，风神绽放。

走马岭上荒草萋萋，据贾书记的说法，战役过后，明军拆除了羌人的碉楼与防御设施。如今四五百年过去，血与骨烟消云散，毫无任何痕迹，就像一片从未被开发过的荒山野岭。但是，伫立山头，俯瞰山下河流场镇，依然感觉气派非凡，的确是易守难攻的天险关隘。走马岭对面白云缭绕的大山是野猪窝，《万历武功录·白草风村野猪窝诸羌列传》中说诸羌剽桀，善战勇武，估计跟羌人行猎野猪是有关系的。打猎本身既是生计，狩猎过程中也锻炼了武力和组织协调能力。眺望下方由于雨水而变得浑浊的白草河，南是禹里，西是桃龙与青片，北面是松潘与片口，东南是开坪，四五百年前的生熟羌界岭已经不再，而河谷之中丛丛簇簇的楼房则显示出新的气象。

从走马岭驱车到不远处的团结村，道路多是陡转弯的爬坡，路边是厚朴、水杉和红豆杉。到得地方，视野豁然开朗，山下白草河细如丝带，场镇则只有火柴盒般大小。路边是大片的百合和重楼，还有阳荷，这种阳荷其实是姜的一种，我此前吃过，一直以为是一种灌木或者树木的花苞，没想到是叶子如同阔竹叶的草本植物。

团结村有三株七八百年的老柏树，树立在二郎庙前面。那个庙很有年头，据说当年红军曾经在此驻扎。庙的构造简单到称得上简陋，就是一个木制披厦屋，里面供奉的是三眼二郎神，但贾书记说，那其实是本地羌人领袖李保将军。李保将军当年率族众叛明，眼见不敌，便只身前往明军谈判，甘领罪过，以求明军不再围剿羌民，后被斩首，战争结束。

现在再回头看这场战争，不免让我想起古希腊神话中七雄攻打忒拜城，以及安提戈涅的悲剧。安提戈涅的两个哥哥波吕涅克斯与厄忒俄克勒斯争夺王位，波吕尼克斯出走他乡带兵返回来攻打忒拜城邦，第一次战斗后，为了避免更多人的伤亡，两兄弟决定彼此对决，胜者为王，结果两人同归于尽，他们的叔父克瑞翁成为城邦的僭主。克瑞翁厚葬保卫城邦的厄忒俄克勒斯，却不允许人们安葬背叛城邦的波吕涅克斯。索福克勒斯的经典悲剧《安提戈涅》就是讲述安提戈涅不顾克瑞翁的禁令，执意安葬哥哥，因而被下令处死。

这个悲剧之所以成为古希腊第一悲剧，被后世从黑格尔到德里达到拉康都一再讨论，是因为它涉及天道自然与家庭伦理、自然法与法律实证主义之间的冲突，悲剧的双方都有其合理性和正当性，但是在不同的立场上无法调和。今日回望历史，是非对错恐怕难以黑白分明，而最终李保将军以自己的牺牲，换来了此后的和平。兄弟阋墙，说到底还是一家人。

我跑到二郎庙简陋的前门楼下，仰拍庙的全景。贾书记问我有没有注意到，门口的几株柏树有什么特别的地方。我不明所以。他说，这几株树都是断头树。我说，是雷劈的吧。他说，是，但是周边也有很多高树，唯独庙前这几株被劈了，也很奇怪。这种带有神迹的巧合，被当地百姓认为跟李保将军的砍头有关系。

从二郎庙出来，走了一段山路，到了聚宝村的宝华寺。这是一幢三间的大屋，没有围墙，旁边就是玉米地。房屋中间供奉的是李保将军夫妇，座前有四员裨将；两侧则是西方三圣、文昌帝君、王母娘娘，和日光娘娘、月光娘娘这些不知道源出何处的散仙；正厅两边的厢房塑了一个牵马戴帽的敞胸汉子，不知为何人，他两边则是一头黑牛，一头黑猪，所有这些雕像显见出于乡村普通匠人之手。这种情形在民间信仰里倒是常态——它们并非某种制度性宗教，而是弥散性的信仰，民众在其中更在意的是自己内心的想法，至于观念的寄托物，是只要有个东西在那支应着就行的意思。至于那个东西是一块石头，一条蛇，或者一棵树、一个人，主要看诉求是什么。

羌人历史上有打狗埋石立誓的故事，是元世祖忽必烈至元十七年（1280年），地方官同羌人"蛮汉一百余人"共同举行"打狗埋石"的仪式。羌人立誓不再劫掠盐茶道路上的商人货物。这种盟誓是一种古老的契约和立法，有着自然法的智慧与尊严，体现了一种按照本地习俗因地制宜的柔性机动的治理方式，避免了进一步的冲突。现如今北川的公共议事，还继承了这种习惯法的传统，有了冲突或者矛盾，先是干部与乡老、村民坐在一起召开阿泽吉（羌语：面对面）"坝坝会"协商解决，实在不行才会求助于法律与条文规定去处理，可以说是古老民族风俗与现代法治与规范的有机融合。

记载"打狗埋石"的碑铭经过七八百年，字迹漫漶剥落，如今还树立在小坝新街一户居民住房后面的山崖上。但是，另有一种"打猪仪式"最初可能体现了羌人的复杂情感。伴随着历史的进程，中华各民族你中有我，我中有你，彼此互嵌在一起，休戚与共、荣辱与共、生死与共、命运与共，我相信随着时间的推移，它逐渐褪去了原初的激烈情绪，转化为一种自娱娱神的仪轨，这也表明多民族国家在漫长历史进程中交锋交流的历史记忆与记忆内涵的转移。

某一次去都贯乡的皇帝庙村，看有 1700 年树龄的红豆杉。伏羌堡就在不远处，也是明代留下的军事遗迹——这一地带在明代是汉羌之间的关隘要冲。如今伏羌堡只剩下后来重建的两个门墙，还有点兵台的残垣，衰草寒鸦。点兵台下有一块在山间难得的开阔平地，应该就是官兵的营房所在地。早先山间坡地还有很大的跑马场，后来都种上树了，加上灾后道路修建，早就看不出四五百年前的规制。历史在时间之河中慢慢风蚀，大地重回原初的样貌。

由伏羌堡出来，在与白坭乡交界处的绝番墩，有个非常有意思的发现。这里曾经是龙州（平武）的西部边界，再往西过了山沟就是石泉（北川）地界。旧时绝番墩是北川关内羌人东入龙州的必经之地，2008年地震后新修的都（贯）开（坪）公路由此通过。1547年走马岭之战中，从龙州出发的官军经过桂溪、贯岭、都坝抵达开坪北部之马头岭，而后直驱小坝，基本上是与羌人此前的活动路线逆向而行。现在绝番墩修了一个可以眺望四野的碉楼，眼前山峦重叠绵延，呈现出不同的青灰色调。山风吹来，9月初的天气都让人陡然感觉到有点冷，此处大约海拔1600米，比山下要凉得多，秋意逐渐将山林染成了红褐黄绿交织的叠彩景色。

此地生长着很多箭竹，清乾隆年间的地图上，将其标注为"箭竹垭"。但同样是清乾隆年间编纂的《石泉县志》，在记录明代军事设施时，却采用了另一种说法："绝番墩，地名箭和垭。"按照本地人的说法，"箭竹垭"和"箭和垭"，虽然仅有一字之差，命名意图却迥然不同：前者明确表明了其地的代表性物象，单看名字就知道这是一个生长着箭竹的山口；后者与所在地没有什么关系，却与一个关于民族迁徙的传说产生了关联。

据说北川和江油交界的地方有个漫坡渡，原本叫蛮婆渡，古代是汉族和少数民族聚居区的分界线。1800多年前，蜀汉丞相诸葛亮为了确保成都平原地区的安全，便与羌人协商，希望羌人能够让出一箭之地。羌人见这个要求不高，便应允了。不料诸葛亮却事先派人将箭预置在遥远的松潘草地。羌人信守诺言，顺着诸葛亮射箭的方向一直退让到松潘，于是都贯一带也就由羌地变成了汉区。

我后来读到一个"孔明一箭让石泉"的传说《界碑》，与此说法大同小异。都贯乡旧属平武县管辖，1956年才划归北川。早在三国之前的公元前201年，刘邦刚建立的西汉王朝就在今平武设置了刚氐道，管辖范围大致包括平武县境域以及北川关外部分地方。"道"，是汉代在少数民族地区设置的县级行政建制。因为辖区内的少数民族主要是氐人，而这些氐人性情刚直，故名刚氐道。司马迁《史记·西南夷列传》中记汶山郡东北（即刚氐道辖区）："君长以十数，白马最大，皆氐类也。"言此地最大的部落为白马，是"氐类"，也即今天的白马藏族。古代文献中氐、羌不分，旧志在追溯北川羌族的来历时，往往称其"其先曰氐羌"。直到宋以后，此处的氐羌部落才由羁縻自治状态发生改变，明代为土司辖制的番民，嘉靖年间的大战后成为受地方政府直接管理的编户齐民。

清道光年间的《龙安府志》中记载："白草等寨生番……愿做百姓……俱愿各换姓名……愿为编氓者有之矣，而变异番姓则前此尚闻；愿贡方物者有之矣，而从习汉仪至今始见。此二百余年蜀川之所仅有者也。"民国年间编的县志中还记载了道光时一个叫刘自元的白草坝（今片口）番人，自幼好学儒书，仰慕中原文化，还聘请老师课读，学习八股诗赋想参加童子试。但当时的科举制度限制番民参加，所以报名的时候，就有童生向县试官告发，不准他入场。刘自元声称自家世代居住在汉界地内，是归化之民。试官问他有何凭证。他就说有界碑可查。试官就派专员查勘界碑，在松潘那纳（今垭口）找到了界碑，因此准许了他应试。相传是刘自元星夜之中将原本在大鱼口（白草河下游位置，位于开坪乡）的碑背着移到了垭口，再回到城里的，往返100

多里，如有神助。记载这个事情的地方文化人估计也觉得不太可信，所以在讲完这个事情之后又补充了几句议论："其碑重凡二百余斤，岂可一夜遂能负移至远之理，殊属荒谬！……自元惟系番民，而飨慕文化之志。"也就是说，具体事件未必真实，但体现出来的文化交融是真实的。

道光年间到现在正好又是200多年，北川的地理沿革屡经变动，白草河与青片河依然潺潺不绝，两岸的"白草番"与"青片番"则更加紧密地同主体民族融合在了一起。如同白草河与青片河融入到湔江，最终与涪江融为一体，汇入到长江，通向东方的大海。回头再看一些堡、楼这些地名，都有中央王朝的强势意味在里面，它们同平凉、永靖、威远、镇远、绥远、抚顺等地名类似，背后隐藏着军事威压和文化收容的双重含义，印证了中华民族悠久历史进程中的版图扩展、民族交融中的途径。空间的盈缩消长，是各民族交往交流交融的见证，意味着心理和文化认同的移形换位。

经过几千年的交锋与交流，内外联结合一，不再有生熟之分，熔铸为一个来之不易的中华民族共同体。曲山关内外就是一个具体而微、见微知著的缩影，北川的羌、藏、汉、回除了族别和一些风俗习惯上的不同，从外在的生活方式到内在的情感结构，都已经没有太多的差异，真正像石榴籽一样紧紧地抱在一起。那些久远的地名作为历史的见证存留下来，淡去了争斗与龃龉，历史的纷扰转为文化的遗产，成了一种可供当代人认知与开发的资源。

三

关山夺路

我要用手把人间容貌改
我要用心把大地浇灌
我要叫山山水水听人话
我要把人神界限全改变

——羌族民间叙事诗《木姐珠与斗安珠》

很小的时候，通过连环画和文字的描绘，我知道了铁路。我对它充满好奇，整齐的枕木、锃亮的钢轨、呼啸而过的列车，承载着一个乡村孩童对于远方的渴望与现代化的憧憬。但直到上大学的时候，我才第一次见过真正的火车。其实我老家离市区只有不到 30 公里的路程，但是它灯下黑般地窝在一簇起伏不定的丘陵中间，主要的交通干道都避开了它，更别提铁路了。那 30 公里的路程，对于上一辈的许多农民来说，可能需要许多年乃至一辈子才能走完。

闭塞的地方阻碍了见识与想象，夜晚时分看到河对岸远处天空映照的光亮，我以为那就是城市的灯火，后来读高中经过那里，才发现只不过是另外的村庄。

在童年的那片田野上，除了兴修水利时候在容易垮塌的地方修筑的防波堤和放水闸，几乎都很难见到石子和水泥。在极为有限的活动空间与视野之中，水利局建在河湾处的管理站是为数不多的砖瓦结构房屋，成为工业时代的一个象征性载体。

舟车所至，人力始通，一个地方的发展离不开交通的便捷。道路让空间的阻隔被打破，道路的通畅带来物资、人员、信息的流动与交换，进而能够激发经济的活力、贸易的繁荣、眼界的开阔、文化的发展。很多时候，交通基础设施的程度能够成为衡量一个地方综合发展程度的关键性指标。

速度与流动，是现代以来人们情感结构和认识世界方式变化的根本，没有人能自外于这一点。古典时代也许有着明快悠游的田园牧歌，也许有着激情迸发的沙场征伐，但一切都框架在一种迟缓而稳定的社会结构之中，哪怕是烽火连天的兵燹、天崩地坼的革命，王朝更迭、易姓换代，也不会让身处其中的个体感到焦虑和恐慌，有超稳定秩序的稳固感在。从前慢，从前的日色慢，"车，马，邮件都慢"。

如今却是"多少事，从来急；天地转，光阴迫。一万年太久，只争朝夕"。一个当代人的时间和空间感觉一定区别于他（她）的祖辈。世界在科技发展、政治变局和思想突破中祛魅了，既定的秩序瓦解了，原先提供庇护和依托的超越性事物，被祛除了其神秘性和神圣性，祖先与神灵再也无法依赖，个体的人只能以一己之身应对急剧变化的庞大外部世界。

之所以想到这些,是因为我发现一个很有意思的区别:古代人在路上行走,他(她)会有一个明确的目的地和归宿;当代人在路上奔忙,"在路上"本身就构成了全部的意义,目的地和归宿则依赖于我们自己的建构。

像无数处于变革中的县域一样,北川的路正在建构中,并且可能会不断地建构下去,路是手段和中介,也是目的和归宿。

"道路和交通是最棘手的问题!"在不同的场合,我都会听到北川的干部和群众表达出类似的意思。蜀道之难,天下知名。北川这样处于四川西北边角的地方,原生地理比我老家还要恶劣很多,道路难行困扰着整体的发展。

水路不必说了,县里固然河道纵横,沟壑遍布,但多处于曲折峡谷中,急转弯很多,很多时候落差极大,河床上礁石林立,水量视降雨而定,汛期浊流翻滚,横扫一切,枯水期砾石裸露在外,无法构成行船水运的条件。陆路则随山势而行,崇山峻岭、层峦叠嶂中,山道往往跟随着河流在谷底蜿蜒，翻山越岭的时候九曲回环、险象环生，很多时候依然需要经过坑洼不平、颠簸不已的崎岖小径。

这种情形依然比早年间强过很多，以前的山里人要想走出来，靠的是步行，顶多有些驴马畜力相助，过一个山头往往需要半天工夫。人在慢吞吞地行走，心境反而是焦急的。从游览观光客的角度来说，曲折颠簸的幽径，路旁或奇峰怪石，或溪涧流淌，或绿树丛荫，景色倒是颇为可观，慢慢流连未尝不可。如果长期在这里生活，开门见山，出门办事踽踽难行，则又另当别论了。从前的慢，在闲人与小资那里也许意味着情调，对于深山河谷中生活的人们而言，背地里多少隐藏了无奈。

某次到邻县出差的路上，经过一个小小的水电站，堤坝拦住了一汪碧水，有两个孩童在水泥修筑的闸口上奔跑戏耍。我在他们身上，看到了30年前的自己，幽深峡谷里的水电站是外部新鲜世界的表征，那平平无奇的建筑，对于他们而言意义重大，寄寓了童年的新奇与向往。

2008年之后，整个县域的基础设施得到了全面的提升，到2023年，北川铁路、公路建设完成年度投资居全国第一位，新增铁路里程524公里、高速公路里程624公里，新增进出川大通道6条、达到48条。但蜀道难是一个千载难题，前方是路漫漫其修远。对于北川而言，不止是山高坡陡、沟壑纵横造成的行路难和修路难问题，更多的还在于地灾严重，常有地震、滑坡、山洪、泥石流等各类自然灾害，非人力所能控制。几乎每到雨季，山路和隧道都处在这样的风险之中。与别处不同的是，进到关内乡镇，往往会发现山道边上的标识特别多，几乎每隔10米左右就有一个，上面写着诸如"空中落石，观察后通过""路基塌陷/崩塌/悬空，注意安全""滑坡/泥石流/水毁/危岩路段，注意安全"之类。这从侧面反映出本地道路的普遍情形，世代在这里生活的人对此谈不上安之若素，面对生活中的常态，顶多算作勉为其难。

屡屡下乡，起初我的车行驶在这样的崖边窄道，不免胆战心惊。但看到司机从容淡定的样子，时间久了，面对无法左右的一路凶险也就熟视无睹了。初春时节在路上翻山越岭，往往可以望见远山上零星展开的野樱桃花，如同一簇簇白色云朵，点缀在赭褐色之中。

越过山丘的时候，人会生发出一种崇高感。当你在山顶驰行，连绵不绝的远山逶迤起伏，仿佛都成了你的背景，你的主体会变得极为强大，犹如行走在天地间的巨人，胸中不免泛起豪情壮志。这是在路况比较好的情况下，自知安全有保障的心理中的一种情感反应，与另一种情形形成极大的反差。那就是，当你面临峭壁危岩，车子随时可能跌落万丈深渊、万劫不复的时候，就只会体会到自身的渺小与无助。

无论何种情形，如果有第三方视角超然于上，将会看到山体浑厚宏大，附着在其表面上的巨石、树木就像人皮肤上的毛发突疣，都是微小的存在。我们开着车行走在蚯蚓一样的山路之上，与匆忙趋行的蚂蚁没有什么两样，随便自然的一个外力就可以轻易将你摧毁。

有一次我从小坝镇越过白草河，往北过酒厂村，翻过内外沟，再开始下山去西北角最远的青片乡。彼时我的车子因为年久失修，在路上自燃了，借了一辆越野车，新换的司机不熟，技术倒是不赖，开到兴致高涨的时候，头还一点一点的，跟蹦迪似的。我一直用毅力克服剧烈晃动所带来的恶心感，虽然很担心车子随时会出溜出去，但是也不好意思说什么。那位仁兄让我想起许多年前，可能是 2011 年，在云南横断山的半山腰，一位把车子开到快飞起来的老兄。在外人看来,他们都有种亡命徒似的自信,我后来慢慢理解他们是惯于此种道路,驾轻就熟,也就无所顾忌。

我问司机,万一遇到滑坡或者飞石怎么办?按照我的惯常思维,就是赶快停车或者后撤。司机却说,应该加速冲过去,因为他会对石头滚下来的时间和落点做一个预判。"后退是不可能的!"虽然我没明白他具体的意思,但这话里包含着他的勇气、判断、自信和骄傲。

那天夜宿在一个羌寨中,早上起来,发现夜里下雨了,近处田畦里的菜叶子都湿漉漉地泛着青黑色,远山的山头都白了,那是雪与冰挂。返回县城的时候,司机建议我不要再从环着唐家山堰塞湖的路返回,改从擂禹路翻山回来,这样距离近一些,还可以在山巅看看景色。后来证明这是一个极其错误的选择,我不仅多花了至少一个小时,而且因为道路水毁严重,尚未得到清理和重修,一路颠簸不断。在杂石遍布的山道上时常有急转弯,不时要注意车子的底板别被石头硌穿。这么跟跟跄跄地翻山越岭,让人几欲呕吐。经过一些峡间路段,看到溪涧中间大水冲下的巨石,足有一间房子那么大。

待慢慢走惯了这样的山路,倒也能从中得到一些乐趣。进山路途都不会太近，路况也不会太好，车子在凹凸蜿蜒的路上行进速度有限，有时候我会在晃荡中睡着。然后，可能在一大片芍药花海中醒来，看到江水静流平稳，绕着磅礴的群山逶迤前行，山腰上雾气云岚蒸腾氤氲，赋予青山碧水以一种缥缈之感。空气洁净无比，天地一片清新，仿佛它们在世界原初之时便已经如此，我们现在看到的，与几万年前鸟兽虫鱼所见到的相差无几。路边遍布无穷植物，有一种叶片硕大的植物招人耳目，叶片之大，如同热带雨林中所见的滴水观音，是一味著名的中药，大黄。

2022年7月13日早上起来，我接到同事发来的微信，告知夜间大雨，关内的几处道路都被阻断了。之前一天下午，我刚刚从关内的小坝镇回来，经过的十里碑隧道就被泥石流堵塞了。回想起经过隧道的时候，里面泥泞返潮，见到洞口的光明才长舒一口气。

连续几天的大雨导致山洪暴发，上游平武的洪水沿着青片河下来，北川关内的白什乡街道已经成了浊流肆溢的河道。我打电话给自己对口联系的坝底乡询问受灾情形，得知群众已经提前疏散，没有人员伤亡，这才放下心来，但白什乡却受灾严重。

本地民众对此没有大惊小怪。面对灾难，呼天抢地没有用处，他们只是行动起来，有条不紊地进行抗灾救灾。县委书记第一时间带队，爬过洪水冲塌了的山道，奔赴受灾现场。北川的干部职责所在，大部分都下到了一线，他们在黎明接到电话，立刻冒着生命危险前往现场搜救，忙到下午一口饭也没得吃。

我赶到白什场镇时，碎石淤泥堆积了有一米多高，也就是说一楼以下基本上被掩埋了。挖掘机在场镇的入口处清淤，车辆根本进不去。我想了下，让司机回头。路上看到一辆被泥石流摧毁的校车侧翻在路面上，车壳已经瘪了，对岸的坡脚堆满了山洪冲下来的树木枝杈，还有一些破车，被泥石挤压撞击，皱得像揉成一团的餐巾纸。

这个时候遇到两个中年人背着包请求搭便车。我带上他俩，询问之下，才知道他们都是山上的灾民。一个是星河村的老罗，一个是白水村的老曾。时间是正午，勉强可以赶回县城开下午的会。往回走的过程中遇到几辆公车，冲毁的白什场镇附近设立了一个临时指挥所，县长正在开调度会。他们千头万绪，我不在救灾指挥部里，就没有去打扰。赶到禹里镇的时候，因为道路狭窄，救灾车辆优先，实行了交通管制，要下午3点才放行。我想干脆吃个饭再走。

在禹里镇找了一家小饭店，要了几个菜坐下来，我注意到老曾的右臂齐腕断了，交谈之下才知道，那是1992年修马槽路段的时候被炸断的。他比老罗健谈，有两个女儿，大女儿在成都当老师，二女儿在安昌镇，女婿是县交警大队的。他要去江油，在那他有个当门卫的工作。老罗是一个没有怎么出过门的地道农民，言谈举止里带着谦卑与木讷，他的家被山洪冲没了，只能暂时去安昌镇投靠亲戚。他们说这些的时候，有种顺天知命和安之若素的沉稳。青片是他们生身之地的母亲河，滋养了世世代代祖辈以来的土地，也带来难以料计的伤害，这是自然的组成部分。他们的这种坦然极富感染力，我的心情也随之豁然开朗起来，那种心情就像清早出发的时候本来阴沉小雨，到了马槽乡后忽然烈阳高照，路边的碎石和植物都闪闪发光。人还是要接地气，大地充满苦难，但人们总有在其中苦中作乐的途径。

在北川待得越久，我就越能感受到基层干部和群众的不易，以及他们在不易中所展现出来的豁达、乐观

▲ 新北川夜色

和积极态度。灾难一次一次地来临，他们也就一次一次如同西西弗斯一样地重整家园。他们开动挖掘机清除淤泥，运来水泥石块整饬道路，架起吊车修复断裂的桥梁，扶起倒折的树木，耙耕凌乱的农田，重建垮塌的房屋，从没有放弃。关山夺路，这是何等样的不屈不挠。

同我甚熟的一位徐副县长，分管的是县里的交通与道路。他从部队转业回来，比我大几岁，爽朗热情的性格，喜欢说笑话。我们偶尔在周末会小聚一下，但平时除了县委县政府开会，很少在办公楼见到他。

有一次我去坝底乡检查两个地质灾害隐患点。一处在青片河对岸半山腰的青坪村，因为山体是页岩结构，下雨容易引起石头溶解断层，从而造成滑坡。河对面伍仙庙凉亭旁边的观察点，可以清晰地看到青坪村的滑坡痕迹。即便地下的岩层没有溶解，雨水大了还会带来另一种隐患，就是山泉流淌下来的沟渠很有可能改变原来的过水道，从而毁坏房屋或农田——那种情形也许只需要两根倒下的山木阻隔，水就会从过水道旁边走，冲刷农田或房屋，带来不可知的损害。村书记家旁边设立了一个电子预警点，一旦感应到地层内部的移动就会报警，那就得赶紧转移群众。

  这不是最严重的，迫在眉睫的是，山洪经过对道路路基的冲蚀。站在半山腰观察，墩青路沿河的保坎底部都被水镂空了，临河的房屋都成了半吊脚楼的状态，重型卡车路过很可能会将路基压沉陷甚至垮塌。武安社区的洪水冲蚀处就存在这样的危险，这个地方原先是墩上乡的场镇所在地，建筑与居民比较集中，一旦坍塌，后果不堪设想。我刚走到那，就看到徐副县长带了几个人也在检测。本来我来检查这些，也是要搜集材料跟他通气，正巧遇到，就彼此打个招呼，一起前往。我们从路边的一个汽车零部件店穿过，越过屋后的鸡圈和猪圈，下到河滩上，看屋基损毁的具体情况。这是青片河转弯的地方，水流回向时冲刷力增大，将屋基下面的砂石滤走，情况比较严重，将来肯定要用巨石或者混凝土灌填。徐副县长分析了一下情况，提出了一些意见。我才知道老见不到他，是因为他总是在这些乡镇的路上。这些路不仅是人们日常行走的道路，更是事关北川未来生存与发展的出路。

  刚到北川的时候，我有一个外来者常见的疑问：为什么在一些道路不畅、地灾频发、不太适合居住的地方，人们还不离开？政府为什么不帮助他们搬走？工作了一段时间了解情况之后，不禁为这个幼稚的问题感到惭愧。

只有真正在基层工作和生活过的人才会明白，安土重迁这个传统究竟是怎么回事。它不是某种想象中的一厢情愿、难分难舍的感情眷念，里面有个非常质朴而又无解的经济学原因。不是人们不想搬，政府不支持，而是有时实际情况不允许。

从老百姓的角度来说，这里是世代生息繁衍的家园，情感上的牵挂和依恋自不必说，却可能是次要的，主要原因在于他们的生计方式与这块土地之间有着血肉般的关联。所谓靠山吃山，在北川地质断裂带活跃起来之前，此地的物产称得上丰富，山民们种植高山果蔬，粮食可以自给，山里中羌药材丰富，果木茶树繁盛，还可以养殖牛羊猪马，生活生产资源比在平畴中的农民要更加多样。因此，即便在平原盆地旱涝饥馑的年份，山中岁月依然可以维持基本的生存保障。司机李师傅就曾经跟我聊过，三年困难时期粮食短缺的时候，很多平地人跑到山里讨生活。即使在地灾情况多起来之后，原先的生计方式也依然在发挥着作用。一旦离开这片土地，山民就失去了基本的生产生活资料，完全靠打工不可能解决所有劳动力的就业问题。那就注定会有很多人失去生活来源，这是一个长期而持续性的状况，不是简单的移民搬迁、安置房子就算一劳永逸了。

实行搬迁政策，最根本的问题还在于产业结构和市场要给搬迁者提供足够的就业机会。这样的问题需要综合各方面因素，在基本条件完善的基础上寻找改进与发展的出路。

发展的路，在北川，就是正在大力实施的"生态立县、文旅兴县、工业富县、开放活县、城乡融合"的战略，围绕"美丽人居""美丽环境""美丽经济""美丽文化""美丽氛围"的"五美"乡村格局进行建设。这是试图立足本土条件，探索新时代乡村振兴的地方路径。

宜居的环境显然是北川最具优势的地方，我个人体验就足以说明这一点。我住在新县城北面的禹龙小区，在县委县政府背后小山的脚下。这是一个包含有三个子社区的小区，小区内外，包括道边，随处可见玉兰、桂花、忍冬、栀子、九重葛，一年四季都有花朵盛放，清香四溢。几乎每天早晨我都是在鸟语花香中醒来，不同的季节可以闻到不同的植物气息，听到不同的禽鸟鸣叫。

噪鹃的声音空灵悠远，黄豆鸟灵动清脆，小杜鹃则清丽迅捷……它们总是能唤起关于乡土的记忆。布谷鸟是童年时节种水稻前的召唤，吐咕咕的珠颈斑鸠是暮色时分母亲喊野外的孩子回家吃饭，山斑鸠则是松冈中老翁的闲中对弈，灰胸竹鸡和阳雀明亮的声音就像晴朗夏日里幽静角落里的光，强脚树莺和白头翁如同一群朋友在竹林里呼朋引伴，白面水鸡则是走在前面的行路人招呼后来者来看新奇之物，黑脸噪鹛则像一个调皮的小孩在啾啾啾地放水枪……它们复现了甜蜜、安详、快乐的田园回忆，让人即便在一个现代化的城市中也能感受到是同鸟雀一起醒来，同自然保持了同样的节奏。

县城里尚且如此，山里生态每每更为人称道。距离县城不过100公里的青片乡小寨子沟，早在1979年就建立了自然保护区，是亚洲自然生态保存得最完好的地区，有第二九寨沟的美誉。青片乡与北面一点的片口乡，同平武以及广元市青川县大致连成一片，从地形地貌到动植物种类的分布都很相似，有大熊猫、金丝猴和羚牛这些稀罕的野兽出没，再往北走就是著名的黄龙与九寨沟了。没有什么污染的自然中藏着许多野生动物，片口乡的杨书记就曾经给我发过好几次村民们在山上偶遇熊猫的视频。

截至2022年，北川的森林面积已达到20.4万公顷，森林覆盖率66.1%。大熊猫、川金丝猴等国家一、二级重点保护动物提升至74种，珙桐、红豆杉等国家一、二级重点保护植物提升至13种。全县有自然保护地4个，保护地面积为1039.4平方公里。这样的生态环境是践行"绿水青山就是金山银山"发展理念的基础。北川在新时代以来进行了方向性的道路调整。原先县里薄弱的工业，建立在早期三线建设的基础之上，属于涉及军工的产业，体量不大，震后多转移到其他区县。

北川的矿产资源比较丰富，光探明的储量就有石灰石10亿吨、白云岩1亿吨、板岩1亿立方米、硅石数千万吨，还有黄金（包括砂金和岩金）、赤铁矿等。但这些只有地质学的意义，并不能给政府和民众带来经济上的现实收益。近些年随着生态文明建设，矿山开发的政策收缩得越来越紧。矿产原材料属于粗放型污染环境企业，深加工的附加值更高。比如一吨矿石拿出去卖四五十块钱，如果加工出来，可以卖到几千到上万。国家政策支持的是开出来的矿在本地做深加工，不支持向外长途运输卖原料。县里对这方面管得很严，更多将心力用在文旅业上。

发展文旅产业是一条必然之路。文旅业的好处是环保，能够促进城乡融合发展。其特点第一是富民，第二是长期效应，前期老百姓能从中受益，地方财政没什么效益。正是基于这一点，有些急功近利的地方政府往往不会将文旅业作为发展重点。拉长时间段，由旅游带动相关的餐饮、住宿、服务业等诸多方面，综合效益才能浮现出来。

旅游对于一般人而言意味着什么？可能是观光休闲，也许是娱乐消遣，或者广博见闻，或许还有历练身心的意味……归根结底，是人们追求一种差异性体验，从日常的、程式的、刻板的生活方式与模式中逃离、超脱出去，获得短暂的放松、休憩与恢复。它来自人们的好奇心、探索世界与认识自我的内在激情，这就决定了那种差异性体验最好具备稀缺、独特、舒适、可传播的特性。

北川此前有一个宣传口号："大禹故里，中国羌城，云上北川。"这实际上是从历史、民族和生态三个方面进行的定位。要说到文化，除了禹羌文化，北川特殊之处还在于红军战斗过留下的红色文化、"5·12"后的抗震文化和灾后重建过程中萌生的感恩文化。但是精神性的文化比较抽象，要落在实处，产生效益并不是容易的事情，它需要时间的沉淀和人文积累，上述这些文化在北川的资源，还很难支撑起作为旅游目的地的足够积淀。

我协助分管文旅工作，对这些问题自然也会有一些自己的看法。但是，一旦试图将文化产业化，进入到工作程序中，它就完全不同于学术或者文学的思维方式，这中间是关于支出与收益的考量，而与感受和抒情风马牛不相及。文化的浸润是一种缓慢而持久的过程，很难起到立竿见影的效果，但是民众和发展的现实需求又迫在眉睫。这往往会带来规划与实施之间的尴尬和矛盾。

记得有一次在给政府平台公司开会的时候，我举了一个例子：湖南湘西与贵州铜仁的比较。两地的风景与人文相差无几，铜仁同样有古城，码头，还有堪称奇景的梵净山，但从大众传播层面来说却没有湘西有名，游客吞吐量相距甚远。湘西尤其是凤凰古城是被文学编码了的地方，出过熊希龄、陈渠珍、沈从文、黄永玉，他们的事迹与留下的作品赋予了这个地方以历史的血脉与文艺的气息。有人对此不以为然，他们倒不是不认同我的这种说法，而是对于急于拓展业务与提升业绩来说，这种需要长时间培育的理想化说法，不免有些高蹈。

就我的观察，如果从整体资源来说，北川的文旅可以开发的包括四类：一是生态环境，像人们喜闻乐见的大熊猫、竹海、温泉、中羌药；二是历史遗产，包括禹羌传说、革命遗址、盐茶古镇；三是记忆标识，抗震救灾事迹与遗迹，及其所关联的四方驰援的友爱，高层政策的支持；四是现实特色，表现为羌藏汉杂居的生活与新建的文化风情浓郁的羌城。地方特色与前景，无疑集中在禹羌传说之上，而既有的条件就是既存和新建的羌寨、民宿和美食。

除了新县城园林式的羌城是5A级景区，北川目前还有四个4A级景区。一是盛产天麻、杜仲、厚朴、辛夷的药王谷。辛夷花盛开的时节如梦如幻。二是包括卧龙洞、龙鳞坡石林、龙隐镇影视拍摄基地的寻龙山。洞和石林其他地方所在多有，龙隐镇倒是独具特色，我第一次去的时候还以为真的是古镇，其中最醒目的是其香居茶馆，后来才知道是为了拍摄根据沙汀小说《淘金记》改编的电视剧修建的，20多年过去，风雨沧桑得足以以假乱真了。三是维斯特农业休闲旅游区，是震后山东的企业在新县城西北部打造的集生态农业观光示范园、开心农场、采摘园、温泉度假酒店于一体的景区。四是九皇山。它原先的基础就是高山溶洞群猿王洞，通过不断开发升级新的产品，除了基本的住宿、餐饮，还有各种因应儿童游乐的新颖设施和青年人打卡的网红项目，是景区中经营得最为成功的。

这五个景区放在一起比较，显示出一种来自实践的现实认知：它们几乎都是在自然基础上的再造，是人化了的自然，或者完全就是创造出来的人造物。"打造"某种新的人文景观，并非破坏"原生态"，或者扭曲原有的文化，因为文化本就是超出于"自然"之外的人为之物，自身内含着革故鼎新的含义。

文化的反馈作用，让梦想照进现实。龙隐镇这个镇本不存在，最初是因为拍摄王保长系列电视剧和沙汀作品改编的电视剧而在山腰上搭建的影视基地。有意思的是，很多北川人甚至不知道沙汀其人。我问过好几个本地人，也都不知道沙汀的墓园就在寻龙山麓、安昌河畔，辽宁大道的路边上。这种情况倒也情有可原，此处原本属于安县，那时候还没有划归北川，一般文学史的叙述中都会记载沙汀是四川安县人。沙汀是与巴金、张秀熟、马识途、艾芜并称"蜀中五老"的作家，1938年秋，与何其芳、卞之琳共赴延安，任鲁迅艺术学院文学系代主任。"皖南事变"之后，沙汀回到安县，在舅父郑慕周及同乡袍哥大佬的保护下，避居于睢水关一带，直至1950年初安县解放。在晚年撰写的回忆录中，他将这段漫长的生活命名为"睢水十年"，其代表作品《淘金记》《困兽记》《还乡记》就是在这期间写下的。1978年到1980年间，沙汀曾经做过中国社会科学院文学研究所的所长，暮年回到四川成都，1992年病逝后，墓园"子青园"就修建在安昌镇寻龙山脚下。

　　沙汀有一篇短篇小说是现代文学史上的名篇，就是《在其香居茶馆》。现在安昌镇的人民公园里面还有一个"其香居茶馆"，外地做文学研究的朋友来北川，我一般都会带他们去看看。尽管可能未必是当初沙汀时代的那个茶馆了，却也可见文学产生的微妙的影响。人文底蕴对于一个地方的形象往往有这种潜移默化之功，我在某次会议上，就建议安昌镇将来可以将人民公园改名为"沙汀公园"，里面再弄一个房子，设置一个类似"沙汀书屋"这样的公共空间，跟其香居茶馆在一起。"人民公园"这种名称全国不知道有多少，无法体现地方特点，而沙汀作为安县第一个共产党员，无论从文化传承，还是从革命主题上来说，都是安昌镇划入到北川后很值得开掘的一个红色遗产。还有待开发的是永平堡等古堡，像片口那样连接羌藏汉盐茶贸易的老镇，以及白草河与青片河沿线的古老羌寨，它们在荒草萋萋中，是地方历史的证明。

相较于那些古老的遗迹，北川文旅的亮点是新型民宿的建设。民宿可以说是早先流行一时的农家乐的迭代升级版本。北川因了特殊的地理形貌，层林宵峰之中往往藏有不为人知的绝妙去处，山民习以为常，不以为意，外人偶尔驻足，不免要惊叹自然雕琢，浑朴天成。有心人就租借农户闲置屋舍，开发民宿。全县目前大约有30多家私人投资的民宿，分布在关内各乡镇偏远之处。王安石云："世之奇伟、瑰怪、非常之观，常在于险远",此言不虚。

我考察了不少民宿,每每惊异于它们在郊野幽深处创造出的风格各异的美学格调。擂鼓镇南华村的"烟雨溪"就是其中之一。南华村本身居于山高林深处,遍布竹林,"烟雨溪"坐落在竹林更深处的一条山涧旁,由山石据山势垒成的小院,风格古朴,主打的是江南风,兼有农家与文人的渔樵耕读趣味。

桃龙藏族乡的"花间桃龙"民宿则是从片口乡考察返回的路上顺便去的,离场镇大约10公里的路程,藏在山谷中的藏族聚居村里。这个村子现在看来平平无奇,历史却相当悠久,原先叫龙藏寨,是龙门山、岷山交界处商贾云集、商贸繁荣的物资集散地。康熙年间就建有"九成号",是茶马古道北线羌藏区域的一个重要驿站,酿制售卖烧酒和经营茶叶、黑木耳、中药材、皮张、山货、杂粮等货物,闻名于白草河流域。作为人员、货物、信息往来交通的处所,本地藏人与羌人、汉人亲密无间,差异不大,"花间桃龙"是"花间"民宿系列中的一种,静谧异常,唯闻周边花香鸟语。

为了有切身感受,县委书记有时候会在周末约我一道自费去体验一下民宿。都贯乡水井村的"瑞丰竹庐"

就是我们一起去的。经过盘旋的高山小径，我们到达的时候，天已经黑了。这是经营者租了农户闲置的房子改造的，只有四间房，装修将乡土木屋同现代设施有机融合在了一起。接待室因地制宜做了一个火塘，上面挂着腊肉和香肠，兼做餐厅。坐下来吃饭，饭菜都是从周围村里请的农家大嫂做的，既有机又美味。

第二天早上6点多，我被鸟鸣声叫醒，打开窗户，看到山上蒸腾起云雾，感觉清新爽快。起来沿着弯弯曲曲的山道散步，与主人一路上聊天，认识了不少植物。此地山上种了许多柳杉——水杉长得慢，一般不作为经济树种，几蓬矮小的野生红豆杉点缀其间。木姜子开着杏黄的花，野樱桃既有白色的，也有粉色的，在苍黄中影影绰绰。经行之处，移步换景，不知不觉就走了有40分钟，到了瓦壶沟的路口才停下来。旁边的山岩多为页岩，比较脆弱，山涧中没有多少水，据说是因为种了太多柳杉，像抽水机一样，把水都消耗了。这样的地方兼具野趣与舒适，难怪在偏僻的地方也有人慕名而来。

摇鼓、桃龙和都贯都是层峦叠嶂的山区，早先没有修公路的时候出入维艰，即便如今道路都已经修建硬化，也不是一般观光客可以轻易抵达的地方。靠山吃山，现在因为生态保护，县里收缩了矿业开发，而着眼于高山蔬菜和中草药种植，开发文旅民宿，这也是关山夺路的一种形态吧。喜欢戏耍休闲的川人，不避险远，羊肠九折，鸟道千盘中，还能自驾前来，说明这是一条不乏险阻却也光明的路途。

踽踽而来，泥泞的道路上，留下的是最清晰的脚印。

坑洼破烂了多年的曲桂路，在我去的时候已经成了一条网红打卡的路线。2023年3月，绵阳安州区至北川高速公路项目工程可行性研究及设计工作同步开展。计划中，这条路起于安州区塔水镇，接S1成绵复线高速，经北川安昌镇、永安镇、擂鼓镇，止于曲山镇，意味着北川不通高速的历史将结束。这些不断发生着的变化，让人对未来怀抱希望，那两个在水电站边玩耍的孩童，再也不会像他们的祖辈父辈那样，仅仅是为了走出大山，可能就要耗尽所有的精力。

◀ 北川龙隐镇影视基地场景

四

过去与未来之间

这首古歌歌声长，
就像岷江江水淌；
日夜奔流永不歇，
诉说着祖先的英勇与坚强。
……
虽然句句是古话，
前人的智慧记歌上；
古歌代代传下去，
千秋万世闪光芒。

——羌族史诗《羌戈大战》

"安登榜就是我爷爷！"坐在车后排的小安忽然说。

小安是北川县文广旅局的总工程师，负责传统文化、民族文化、大禹文化、资源开发、乡村旅游、旅游标准化建设、品牌创建等工作。此前我们在几次工作会议上接触过，聊天中知道他在西南民族大学读过博士，但也没有深入交流。这次是因为要去汶川县参加四川省美学会第三次会员代表大会，我喊他陪同。路上闲聊，说起"红色土司"安登榜，才知道原来就是他亲祖父。

我想小安一定会为他有这样一个祖父感到骄傲。安登榜是近代史上第一个率众参加革命的羌族人，1895年3月出生于今松潘县镇坪乡一个明代嘉靖年间受封的世袭土司家庭。安氏土司统辖松潘县东南部的"六关十堡"以及白羊乡地区的三十二寨，在松潘南部及周边羌族、藏族聚居地区颇具影响。安氏土司的衙门驻地最初设在松潘县甲竹寺，因此也被称为甲竹土司。安登榜文武双全，通晓羌、汉、藏三种语言，且有一手好枪法。

1933年11月，安登榜之父安兴武去世，他以长子身份承袭土司职务。1934年春，松理茂懋汶屯区（松潘、理县、茂县、懋功、汶川）推行"团甲制"，县下设区，他被国民党松潘县政府委任为第六区（即白草区）区长。但这只不过是国民党政府收取苛捐杂税的一个工具人岗位，安登榜出于自身族群利益考量，并不是很配合工作。这年6月，他因借故拒绝参加部署向灾民征捐、摊派的区长行政会议，受到记大过处分。11月，又因拖办摊派，拒缴枪弹、军饷款，被免去区长职务。县府委其继母张玉贞续任，引起头人们的不满和反对。在各支头人的支持下，安登榜领头对抗，受到国民党城防军的通缉，于是带十余名武装亲信和长子出逃到当时的北川县城禹里，找他父亲的好友、当时的县长李国祥寻求保护。

这个过程可能涉及土司家族内部的权力争斗。不管如何，当安登榜被松潘追逐而来的官兵和川军陶凯部困在礤上（如今属于北川县坝底乡）的时候，遇到了红四方面军第四军十二师某部。红军出手击溃川军，救下了安登榜，并向他宣传共产党的民族政策，在走投无路的困境和革命精神的感召之下，安登榜参加了红军。

加入红军队伍后，安登榜担任通司（翻译）、向导和部队前卫工作，做劝降工作。给敌部队中的原部下王光宗等去信，劝其"不要再受骗上当，卖命当走狗"，同时诉说参加红军后的感受，请他们"以地方利益和羌族利益为重，不能再让家乡遭受灾难"。王等人有所醒悟，答应撤离。红军乘机击溃守敌，挺进松潘境内。在行军途中，安登榜利用自己的声望向羌民宣传红军的一系列主张和共产党的民族政策，使群众很快消除了顾虑，积极为红军筹粮、运粮，给红军带路。在他的帮助下，松潘东南和南部先后有7个村建立了苏维埃政权。

1935年5月，安登榜奉命带领红军从格蚕沟翻山去马场，打败了胡宗南驻扎的部队，荣立战功，在"马场战斗庆功会"上受到表彰。羌民游击大队成立，安登榜被任命为游击大队长。这年8月，安登榜赴毛儿盖驻扎工作，有一天早上，他带4个警卫员出去筹措粮草，直到天黑都未返回驻地，从此失踪。当时毛尔盖少数民族中的反动武装杀害红军的事件时有发生，据后来调查，安登榜和警卫人员都已遇难。40岁的安登榜死于壮年，从此成为一个传奇。1986年，四川省人民政府追认安登榜为烈士。

北川的各种博物馆或村史馆中都会提到安登榜，没想到他的后代就在我的眼前。小安刚到 40 岁，民族史的专业训练和耳濡目染的熏陶，使得他对家族在松潘的经历相当熟稔，说起来头头是道。他少时还在茂县生活过，后来又到北川上中学。我建议他干脆写一本家族史，把这个线索捋一下。

他的家族在 1935 年发生革命性转型，三百多、近四百年的土司历史终结于安登榜那代，是羌族历史的关键性拐点。某种意义上，是过去的终结与现代羌族的开始，氐羌记忆与红色记忆交织在一起，同时还叠加了近代以来西方文化的传入，如天主教的印迹。这些多重记忆对于当下文旅产业中构建禹羌文化而言，构成了复杂而多元的遗产。

一切都是记忆，一个没有记忆的人，只有间歇性的当下碎片，而无法形成连贯的认知，也就不可能有自我的认识。可以说，记忆构成了习得性的技能、地方与族群身份的构建、历史连续性与自我同一性，使得人们能够有个确定性的身份和认同。

话又说回来，过度的记忆会给个体和某个群体带来过载和重负，最终它们会因为无法承受信息累积的密度和重量而崩溃。就像博尔赫斯笔下那个博闻强识的福内斯特，那些纷繁复杂的记忆内容纷至沓来，拥挤不堪，如同洪水裹挟着砂石，汹涌而至，四处蔓延，冲垮了河道与桥梁，掩埋了路途与隧道，人们陷入到信息的洪流之中，难以有效地辨析方向，迷失在漫漶无涯之中。

因此，有效的历史其实是记忆与遗忘的辩证与平衡。它需要从"过去"中撷取材料，结撰成叙事，进而让这种叙事同当下之间发生互动，并且昭示与呼唤着某种未来的愿景。也就是说，它是过去与未来之间的产物，并不是对于过去一览无余的全盘接受，那是一种缺乏批判意识与反思心态的盲目；也不会全然以无情而超然的逻辑进行客观主义的科学探究，那或许只是学院历史学者孜孜以求的理想；更不会为了某种未来而去杜撰一个过去，从而陷入到虚无主义。

对于北川这样一个年轻的羌族自治地方而言，过去留下了何种样的记忆材料，如今的人们又如何认定何种过去才是遗产，并怎么样用那些经过拣选的遗产塑造今日的形象，通往一个规划和预期中的未来。这是一个非常耐人寻味的故事。

中国一共有117个少数民族自治县和3个自治旗，

北川则是其中唯一的羌族自治县，成立于 2003 年。北川北部紧邻的平武县，阿坝藏族羌族自治州的茂县、汶川、理县、松潘、黑水都有较多羌族聚居，甚至在某些专家学者看来，茂县、汶川等地的羌族或许还更为"纯粹"。另外，甘孜藏族自治州的丹巴县、贵州省铜仁地区的江口县和石阡县也散居有一部分羌族。

北川建立羌族自治县相当晚，县政协王主席送过我一本争取建立北川羌族自治县的文史资料，是李承霜先生汇编的，详细讲述了历时 18 年（从 1986 年到 2003 年）的正式申报，到 2003 年 7 月 6 日国务院批准设立自治县的过程。自治县建制无疑是地方试图立足地理与族群基础，从文化上构筑某种独特性，进而推动本地发展的举措，既有着传承历史的自觉，更有着现实利益的考量，也可见对于"过去"的征用和对于"历史"的建构。

与申报建立自治县同行，北川的羌族认同和羌族文化建构迟至 20 世纪 80 年代中期，有人类学家在 20 世纪 90 年代开始的羌族地区田野作业中也对此有过记录。这也证明了在中华民族共同体内部，各族交往交流交融的历史进程中，不是谁同化了谁，而是"双向涵化、多方互化",各民族无论从政治、社会,还是从文化情感上都成为了"休戚与共、荣辱与共、生死与共、命运与共"的共同体。

"羌"原是先秦时代中原族群对西部游牧部落的泛称,历史上分布很广。古羌人原居甘青一带,核心地带是河湟谷地和大通河流域。甲骨文记载,早在殷商时代,羌人已活跃于当时的历史舞台上。商人对羌地的方国或部落,称为"羌方"。商王朝为捕掠奴隶,不断对羌方用兵,被俘羌人是商代奴隶的主要组成部分,也有少数羌人首领担任了殷王朝的职官。羌人中的姜人部落,原居姜水流域,应是羌人中最早转向农业生产的一支,对周人影响很大。传说周人始祖名"弃",便是姜人部落之女姜嫄的儿子,周人对姜嫄十分崇敬,称她为始祖母。周人叙述其民族始祖后稷事迹以祭祀之的长诗《生民》曰:

> 厥初生民,时维姜嫄。生民如何?克禋克祀,以弗无子。履帝武敏歆,攸介攸止,载震载夙。载生载育,时维后稷。

这首诗的第 4 至 6 节主要写后稷开发农业生产技术的禀赋，间接反映出当时姜人部落里，农业已同畜牧业分离，完成了第一次社会大分工。西周时，羌人中的姜姓曾与周人中的姬姓相互通婚，结成长期的婚姻联盟，故周王朝建立后，进入中原的姜人，在周朝形成了不少姜姓诸侯国和姜姓诸戎，逐渐与炎黄族及其他氏族、部落融合。

但大部分羌人仍居甘、青东部的黄河、湟水和大通河流域，西北至新疆鄯善，南到川西北。他们依随水草，牧羊业发达。即如《后汉书·西羌传》记载云："滨于赐支，至乎河首，绵地千里……南接蜀、汉，徼外蛮夷，西北（接）鄯善、车师诸国。所居无常，依随水草。地少五谷，以产牧为业。"《说文·羊部》解释"羌"字从羊从人，即指此。其中说到的"赐支"是羌语中的"河曲"地带——黄河自西来，到祁连山支脉的大积石山东南端，曲而西北行；经小积石山的东北麓，又曲而向东行；至曲沟，又曲而东行，凡千余里，都称作河曲，位于甘肃与青海的交界区域。

在春秋战国时期，西北羌人建立义渠国，是秦争霸西戎的主要对手。秦国向西开拓，引起了西北地区羌人的极大震动，同时也给他们的政治经济生活带来了深刻影响。自秦穆公以后，迫于秦越来越严重的军事压力，西北羌人开始了大规模、远距离的迁徙。当时有的向西发展，"出赐支河曲西数千里"，这支"与众羌绝远不复交通"的羌人，即是"发羌""唐羌"，后来成为藏族先民的一部分。有的则长途跋涉到新疆天山南麓，成为后来史籍所载"婼羌"（现在新疆巴音郭楞蒙古自治州还有若羌县，是中国面积最大的县，相当于5个瑞士，或10个以色列）的组成部分。有的北迁至今内蒙古西部额济纳旗一带。还有大量羌人继续向西南移徙，成为"越羌""广汉羌""武都羌"等，即今天的陇南与川西北一带。这些迁徙的羌人与当地原有的居民共同生活，彼此犬牙交错，由于自然条件差异，有的处于河谷地带，有的盘踞丘陵，有的栖居深山密林，加之其他因素的影响，各自走上了不同的发展道路。有的强大，有的弱小，或农耕，或畜牧，或二者兼而有之，呈现出千姿百态的面貌。水土不同，川西北的羌人，无论是风俗信仰，还是人们的体格外貌，都与先祖所居的河湟大通一带相去甚远，那里现在居住的多为汉、藏、土族。

南迁到如今四川阿坝与绵阳的羌族的历史过程，以简略而充满象征意味的口头文学形式存留在《羌戈大战》史诗之中，其过程充满了无数的挣扎、妥协、争斗。民族学家马长寿先生曾经在 20 世纪 40 年代的田野调查中，遇到了一位萝卜寨的释比张景鳌。作为族群文化精英，张景鳌为马长寿先生口诵了《太平经》，内容同羌族的另一部英雄史诗《泽基格布》有交叉之处，其中有一段战斗与迁徙历程很耐人寻味：

> 车几葛布的父亲名曰比格砥·日罗尔玛，母亲名曰绵格砥·日谢尔玛。产生一子，头如斗大，耳如扇形，两目如环，齿粗如指，臂长八尺，身高丈二，足长三尺。一岁吃母乳，与母亲的另一乳搏战；两岁坐父怀，手足不停作战；三岁持棍棒，在外指天触地而战；四岁在屋内呼跃而战；五岁泼水而战；六岁与家神战；七岁在独木梯上跳跃八跳；八岁耕田，与土地战；九岁牧羊，与草地战；十岁播种；十一岁跟所遇到的人们挑战；十二岁骑牦牛应战。十三岁从赐之南下。初到哈牛遇格地仙，与战胜之。继到阔竿，遇楚日仙，与战胜之。又

到哈苏，遇战不胜。又南到贵尼别格，遇蒲板仙，与战不胜。乃转至帕斜别都，虽然没遇到人，但见其地的挑担长九丈，草鞋厚九寸，弓长九丈，箭长九尺，蚂蚁大如犬，蛤蟆巨如葱。从这些东西，推测其人，必然强大，遂不敢久留，回头北上。所到之地，修筑城寨，以谋久居。修筑的城计有蒲支介格，一也；朱格巴，二也；巴些甲格，三也。途中遇见茂州的山神瓦巴仙，瓦巴仙问他为什么不向南方去呢？他说："南方人体大力强，我不能战胜他们呀！"

这段记载饶有趣味。车几葛布又译为泽基格布，是羌人英雄。史诗中的英雄往往就是一个"类"，一个族群的象征，他的经历其实就是一个族群的经历。车几葛布从婴儿时代就开始不停地与各种事物（母亲的乳房、手脚互搏、指天触地、房屋、水、家神、梯子、土地、草场、种子、所遇到的人们……）作战，是史诗的寓言化手法，表面上呈现的是英雄自小的顽皮、勇武、与众不同，实际上可以视作一个隐喻，讲述微小族群不断在成长中与自然环境及各种势力斗争并壮大的过程。

车几葛布前行的路线，那些羌语记音的地名清晰地展现了族群艰难迁徙、建立家园的途径：赐之（即《后汉书·西羌传》中提到的赐支河曲，在今天青海贵德县以西、共和县以南地区；赐支河首发端于黄河发源地扎陵湖、鄂陵湖一带，往西则至青海玉树藏族自治州）－哈牛（即今四川北川、汶川及茂县等地）－阔笮－哈苏（汶川）－贵尼别格（娘子岭，都江堰与汶川县交界地带，成都平原进入阿坝高原之处）－帕斜别都（白沙，这个地名成都、重庆和绵阳都有，但我推测大约在今成都双流一带）。他们在快到平原的地方，无法战胜当地族群，于是返回茂州，建立了蒲支介格（汶川北的雁门）、朱格巴（茂州南的上清坡）和巴些甲格（茂县的白水寨）三座城。短短的记录背后，隐藏着血腥而惨烈的历史；同时也显示出羌人的机动灵活和审时度势，当他们无力往南开拓时，则折返茂汶，就地建城。

史书中匈奴、鲜卑、羯、氐、羌，在历史前行的势力盈消中，大多数消逝于时间的河流，如同雨丝落入湖海，融化在后发族群之中，到现在只剩下了羌族。但是，这个羌族显然也只是早先羌人中的一支。后秦、西夏都为羌人所建，但在西夏国时就称为党项人了。宋代以后，南迁的羌人和西山诸羌，一部分发展为较为稳定的羌人族群，保留了羌的族称，成为今日羌族的先祖。因为古羌人以牧羊著称于世，羊首于是就成为后来羌族的图腾。

羌与氐常常并提，按照马长寿先生的说法，两者并非一族。我没有做过详细考订，很疑心《羌戈大战》中的戈基人即是氐人的一部分后裔（也有很多学者认为是更早的羌人移民后裔，这并无定论），如今被唤作白马藏人的藏族族群组成部分应该也同氐人有着密切的关联。氐自称盇稚，原居陇坻之南，巴蜀之北，峻岭大阪，岩石崩堕之声远播，故汉人称之为氐。尽管氐羌两者存在诸多差异，在漫长的历史融合中逐渐化合无迹了。

现在的羌族从语言学上划分，属于汉藏语系藏缅语族羌语支。"羌"非其人本名，而是他称。应劭《风俗通》云："羌，本西戎卑贱者，主牧羊。故羌字从羊、人，因以为号。"他们自称"尔玛"或"尔咩"，聚居在高山或半山地带，所以后来延伸被称为"云朵上的民族"。

潇湘电影制片厂的韩万峰导演拍过一部羌族题材

的电影，就叫《云上的人家》（2011）。他还拍过《尔玛的婚礼》（2008）和《欢迎你到阿尔村》（2011）两部与羌族有关的电影，分别是以羌族婚礼和释比文化为主题。值得一提的是，前两部电影的女主角就是互联网上的初代网红"天仙妹妹"，羌族姑娘尔玛依娜。她在2014年以出品人和主演身份拍摄了中国首部羌族母语微电影《莫朵格依》。不过，韩万峰的电影是在汶川取景的，尔玛依娜也是汶川人，北川背景的电影目前只有艺兮执导的《红色土司》，就是根据小安的爷爷安登榜的事迹改编的。

  韩万峰这几部羌族文化题材的影片都有一种非物质文化遗产视角，即尽力将羌族的文化与民俗符号掺入到叙事之中，或者可以说他就是围绕羌族文化与民俗来进行编剧的。他的"立此存照"的文献意识，对于宣传地方景物、民族特色颇有作用，但同时也将某种文化形象静态化了。耐人寻味的是，羌族的服饰和许多过往的习俗与仪式在当下民众的日常生活中并不多见了，它们更多以文化符号的标识性，出现在官方组织的节日庆典或者商业性旅游项目之中。

  这里出现了意味深长的文化能动性，即借助文化作

▲ 中国国家非物质文化遗产羌绣

为媒介，发展经济为旨归的举措，结果很可能会复兴某些久已消失或者行将消亡的传统。此种情形在世界上其他地方与民族中并不鲜见，比如印度尼西亚巴厘岛的旅游业，让勒贡和巴隆舞、仁辛科蜡染、乌布小镇的"原生态"生活方式，以再造传统的方式复兴，呈现在外来者的目前。

这些以本地"传统"面目出现的文化产品与实践，并不是所谓的"原生态""传统"本身，而是过去的"传统"在当代转化与创新后的表现形式。日本艺术家、建筑师冈本太郎有一个我很认同的观点："传统即创造。""传统的确是我们的血液，也是骨架。如果当代人能从中解读出乐趣，传统变成为推动我们不断前进的动力"，但是，往往有些执迷于皮相的"传统主义者"兜售印象，"虚张声势蛊惑大众。他们沉浸在兴趣使然的陶醉中，煞有介事地自说自话"，让人们误以为故弄玄虚的态度就是"传统"的内核。其实"传统"就是日常，并没有那么玄乎，也不会有固定的形态，它总是随着当代人的生活需求发生静悄悄的变化。人们基于当下的现实，而从记忆材料中提取元素，传承适应时代与社会需要的事物，而非抱残守缺地固守在特定历史时期所形成的某个阶段性文化样态之中。也唯有如此，文化才没有同文化持有者的生活发生分离，变成静态的博物馆展品，而永远葆有其鱼游水中、鸟飞天上的活泼泼的状态。

"过去"与"未来"之间的"现在"才是最重要的，而"现在"稍纵即逝，没有定型的模式，总是处在不断的动态过程中，这让文化拥有了活力。

新技术将旧风俗转化为自己的内容，新环境将老传统变成了艺术。

现在北川"关外"诸乡镇的羌族古老生产生活方式已经淡化，羌族文化元素更多体现在服装、羌语祝福语、部分建筑的风格之上。那些显然是经过元素提取、润饰的结果，比原先的样式要更趋于时尚感。比如，男士衬衫的领子与胸前点缀几朵羌式云纹，既简洁明了，又大气端庄，政府机构工作的公务员都可以作为正装。历史记忆与文化传承的折中、调和与发展，透过这种细节显示出来。

"关外"的民族文化保留了更多的"生活氛围"，沿着白草河与青片河往上游走，愈是偏远冷僻之处，愈少有外来影响之地，氛围愈浓郁。片口和青片无疑是北川最贴近"原生态"的羌族乡，也是离县城最远的两个乡。初冬时候我去青片的西窝羌寨考察基础设施改造，那里的房屋为了接待游客也很早做过改建和装修。但是，在青片乡的山坳深处依然可以见到穿着长袍在菜田里除草的人，大爷上身是中山装，下身则是长裤外面裹着蓝色布袍，以起到保暖作用；大妈则全身就是老式的黑色粗布裙子。他们服装上的杂糅，体现的是变迁中一直存在的过渡状态。寨里气温比县城低了五六度，同行的村长给找了件羊皮坎肩，就是两块羊皮缝合的，比较硬，倒真是保暖。

西窝羌寨是较早开发的旅游接待点，十几年过去，设施显得有点老旧。原先的羌式房屋，一楼一般养着猪、堆放木柴杂物，二楼住人，很多游客却也因此对这种羌族特色建筑加深了印象，那是自南迁的羌人先祖阿巴白构时代就基本成型的家园与屋舍：

山坡地高寒种青稞，
河坝地肥沃种米粮；
高山上的牧草多茂盛，

正好养马放牛羊！

石砌楼房墙坚根基稳，
三块白石供立房顶上；
中间一层干净人居住，
房脚下面专把禽畜养。

青片河和白草河流域交通都是如此不便，才会留存了此种原来的生活方式。山区条件的限制，缺乏大片的耕地与牧场，让人们在特色种植上下功夫，主要是中药材和高山果蔬。

我第一次去片口的时候，赶上初春雪融，泥烂路滑，有的路段还在施工，司机选择了翻山。这样一来我们就要多绕一点路，花了近3个小时才赶到乡政府。片口乡书记和乡长汇报工作用了很长时间，搞到下午快2点钟才吃午饭。吃完午饭，我又往平武的泗耳乡赶，路上经过松潘的白羊乡。这几个乡都在白草河畔，主要的干道相连，虽然分属于3个县，却因为地缘接近，乡民相互赶场，所以要结盟起来联合发展，也得去看看。泗耳是一个藏族药乡，面积不大，但园草坪的高山草甸和泗耳沟的山色很不错。此地人口极少，全乡就2000多人，土石道路常有断裂凸起，极为颠簸难行，20公里距离开车需要近一个小时。

再回到片口，天色向晚，又困又累，夜路没法走，我决定留下住一晚，明天再去一下桃龙藏族乡。我和乡里杨书记在乡政府聊了半天片口的定位，我建议他提取重点，就定位成"藏羌走廊小成都，白草河畔熊猫窝"。匆匆吃个晚饭，他带我去老街后面的黑色塑料大棚看正在生长的羊肚菌。气温较冷，菌农说菌子长势一般，我钻进一个大棚，看到还不错，基本上可以采摘了。这种菌子春节前夕下种，三四个月可以采摘，鲜菌约70元一斤，干的可以涨十倍价钱。晚上到一个"铭艺商务酒店"休息，说是"商务酒店"其实就是私人盖的个体旅社，没有什么住客，老板明显是一个农民。楼倒是挺高，这就是乡上的一般情况，倒是令我有种回到儿时小镇的亲切感。

作为联通平武、松潘的三县交界处场镇，片口老街在20世纪40年代是茶马古道的一个集散地，曾经繁华一时，老百姓戏称为"小成都"。新街同遍布在中国各地的大大小小普通村镇没有多少区别，老街上1912

年修的 3 层碉楼，民国本地大家族的四合院和一些店铺老屋，还依稀可见繁盛年代的痕迹。

老街上我居然还看到一幢天主堂，那是清同治年间修的，有 150 年的历史，算是老建筑了。同治六年（1876 年），一名法国年轻神父葛耶被成都天主教会派到片口来考察修建经堂，地点选定在片口场下街梨儿园。经堂规模为四楹四合，样式和成都驷马桥的经堂一模一样，占地 2407 平方米，于第二年完工。如果比照一下：贵阳第一所正式天主教堂建于道光三十年（1850 年）；四川阆中市福音堂是中国西南地区最早的基督教教堂之一，建成于 1869 年；云南迪庆州德钦县燕门乡的茨姑天主教堂是云南最早建成的教堂，也是 1876 年……放在整个西南地区，片口的天主堂都算是比较早的。

片口天主堂规模宏伟壮观，拥有房屋 42 间，共 1641 平方米，包括大厅、神台钟楼、厢房、厨房、客房，中间是一个大坝子，修有鱼池，四周栽满花草，环境十分优雅。这些近代西来的文化延伸到当代，同氏羌记忆毫不违和地编织在了一起，成为本土化的记忆之一。同时，北川也有着近代以来光荣的革命历史。宣统三年（1911年），马槽乡的羌族青年邢珍禄聚集了本乡和邻近的坝底、白什等乡的数百人举行起义，呼应辛亥革命的炮声。1935年，中国工农红军第四方面军和中共川陕省委长征经过北川，前后在此驻留了100多天，创建了北川、平南县（今桂溪镇）苏维埃，以及下辖5个区、28个乡、119个村的各级苏维埃政权组织。北川人民在这100多天的艰苦进程中，全力支持红军，与红军同仇敌忾，在千佛山战役中取得了歼敌5000余人的胜利。其中涌现出来的羌人领袖安登榜，如今也成为宝贵的红色文化遗产。

这是一块经过文化编码的土地，多重记忆如同页岩一样叠加在一起，不惟氏羌，更是氏羌的转化与扩大，它细大不捐，包容并举，交织着历史的浮沉与实践的流转，偾踣蹉跎而又勉力前行，复古求新终能拭旧如新。

五

少年禹的传说

在岷江上游羌族居住的石纽地方，出了一个了不起的人物。他生下来三天就会说话，三个月就会走路，三岁就长成了一个壮实的汉子，他就是羌族人感激不尽的大禹王。

——羌族民间故事《大禹王》

2022年6月的蜀中,溽热蒸人,我清晨出门往机场赶,很快就汗流浃背。这次是中国(绵阳)科技城厦门推介会召开,我跟随北川县代表团前往参加。下午在高崎机场落地便乘车直接奔赴泉州,傍晚赶到泉州1916创意园区的功夫动漫有限公司考察与座谈。我们准备合作一个项目,由该公司进行形象设计和动漫制作,创作一部以大禹少年时期故事为题材的动画片《少年禹传奇》,打造城市IP,进行形象提升与宣传。之前已经就相关意向彼此做了前期考察,这次主要是敲定这件事情。

出公差总是马不停蹄,跟我之前参加学术研讨会那种闲散轻松的状态完全不可同日而语。功夫动漫的事情落定,第二天大家一起去位于石狮市永宁镇的一个咖啡艺术馆,主要是看如何结合地景打造网红景点,下午折返位于厦门翔安区的厦门大学航空航天学院座谈,我代表县政府和他们签署了战略合作协议,通航产业园的建设少不了技术支持和科研助力。

两件事都办得很顺利，晚上一个人到海边散步，难得的放松时刻。我发现自己在不知不觉中已经以北川人自居了，想到那一片土地的厚重与轻盈、艰辛与欢欣，我的心情也会不由得随之起伏。

北川打造大禹故里品牌、申报大禹文化之乡，无疑是从地方文化建设与发展第三产业的角度考虑的。但是，大禹是一个"箭垛式"的人物，身上踵事增华、锦上添花地被后世涂抹了各种事迹。在邈远的年代和漫长的时间流转中，大禹作为历史的人已经被附加上太多情感与信仰寄托，成为一个传说中的神，很难具体确定他是某地之人——他属于人们的情感与精神的神圣空间。正因为大禹不属于某地，他也就属于所有的地方。

关于大禹故里的说法，北川与汶川各有自己的说法，论者往往也都能引经据典，从古籍中找到出处，只不过他们所引用的多数是文字材料。往往这样论证的学者都有一种"历史主义"的执拗与自信。某次会议上，遇到一位四川社科院从事历史研究的专家，我和他聊了一会儿，他断言大禹故里就在汶川，并说三峡那里考古出土了一块石碑上有记载；另外，古书比如《山海经》中说的昆仑就是岷山。他有一种源自兰克史学的实证主义观念，跟神话学的思维是完全不同的路子，我尽管未必认同，却也没好再说什么，毕竟他的史学方法与思路没有问题。只是，对于普通民众而言，大禹更多地活在神话与传说中，而不是典籍与碑刻中，两者之间也并不构成对立关系。

在我看来，有两个大禹，一个在信仰与情感空间，一个在物理和历史空间，对于普通民众而言，前者可能更为重要。大禹的考订与坐实，因为缺乏坚实的材料佐证，到现在为止依然是一个难以完成的任务，事实上，作为具体的人，禹到底出生在哪里完全不重要——作为华夏始祖之一，他已经圣化了，是人王，只能以天下为家。

这就是"过去"与"历史"的区别。近代以来的"历史"研究总有一种求真意识和实证意图，但"过去"是活在普通民众生活、心里和口碑之中的，包含着"历史"以及"历史"之外的神话、传说、故事。作为族群心理和集体记忆的组成部分，区别于事实真相与知识真实，那些"历史"之外看似无从稽考的事物，同样是一种心理的真实和实践的真实，而非子虚乌有的虚构。

这是一个由来已久的问题。1923年顾颉刚致钱玄同的信里就讨论过："至于禹从何来？……我以为都是从九鼎上来的。禹，《说文》云，'虫也，从厹，象形'。厹，《说文》云，'兽足蹂地也'。以虫而有足蹂地，大约是蜥蜴之类。我以为禹或是九鼎上铸的一种动物，当时铸鼎象物，奇怪的形状一定很多，禹是鼎上动物的最有力者；或者有敷土的样子，所以就算他是开天辟地的人（伯祥云，禹或即是龙，大禹治水的传说与水神祀龙王事恐相类）。流传到后来，就成了真的人王了。"顾颉刚认为禹是一种图腾与信仰，是层累地造成的古史的组成部分，这本没有错，但他以一种科学主义的实证认为禹不存在，那实际上是混淆了"历史"与"过去"，用一种单一的理性历史观覆盖了更为多元的历史观念，在那种多元历史观中，带有浓烈情感色彩的神话不是空穴来风，同时也是在现实生活中发挥作用的一种历史实践。所以，鲁迅在《治水》中挖苦顾颉刚，也就不仅仅带有个人恩怨，而更多地显示出文学对于"历史"的补充与超越。

大禹的传说在北川有其口头传统的根基和地域文化的特色，体现在与口头传说相关的各种地理遗迹和生活习俗之中。但人们在"历史"惯性的思维中，更乐于"有书为证"。为此，本地文史研究者与发掘者从史籍中爬梳剔抉，找到各种资料将大禹与北川关联起来。

司马迁《史记》中，有禹兴于西羌之说，但汉代的西羌之地"南接蜀、汉徼外蛮夷，西北（接）鄯善、车师诸国"，也就是南面与今贵州接界，西北抵达今新疆之罗布泊、楼兰、吐鲁番，地域极为广袤。稍晚于司马迁的扬雄在《蜀王本纪》中说："禹本汶山郡广柔县人也，生于石纽，其地名痢儿畔（刳儿坪）。"这已经将司马迁的说法缩小了范围。而彼时广柔县的辖区包括今理县、汶川、茂县、北川及都江堰市的部分地区，仍然是非常大的一块地域。扬雄生于蜀郡郫都（今成都郫都区），地近广柔，他的言之凿凿，让禹生于石纽之说后来被沿袭下来。

东汉时期，赵晔在《吴越春秋》中称："（大禹）家于西羌，地曰石纽。石纽，在蜀西川也。"赵晔是会稽山阴（浙江绍兴）人，曾经到犍为郡资中（今四川资阳）拜经学大师杜抚为师，学习"韩诗"，对四川的地方史料和羌人地区的民俗有所了解，因而肯定大禹诞生地"石纽"位于西川，和扬雄等人的看法基本一致。三国时期著名史学家、巴西郡西充（今阆中西南）人谯周在《蜀本纪》中说："禹本汶山郡广柔县人，生于石纽。"西晋史学家、巴西郡安汉（今南充市）人陈寿在《三国志》中说："禹生石纽，今之汶山郡是也。"东晋史学家、成都崇州人常璩在《华阳国志》中说："石纽，古汶山郡也。崇伯得有莘氏女，治水行天下，而生禹于石纽之刳儿坪。"

在这些蜀地名家宿儒的论说中，禹生西羌的地域范围缩小了，并且被铆定在了石纽。北魏郦道元曾经到过岷山一带进行实地考察，在《水经注》中也采用了蜀人学者的说法："（广柔）县有石纽乡，禹所生也。"唐代志书《元和郡县图志》言："禹，汶山广柔人，生于石纽村"，"（禹）汶山广柔县人，生刳儿坪"，基本上算是在正史中给出了定论。

可见，随着年代越往后，地点越来越趋于具体化，具体到了石纽。除了上述诸家，后来历代典籍中关于"禹生于石纽"的记载还有很多：

　　西晋《帝王世纪》："禹，六月六日生于石纽。"
　　唐代《艺文类聚》："伯禹夏后氏，姒姓也，生于石纽。"

北宋《新唐书》:"(茂州石泉县)贞观八年置,……有石纽山。"

北宋《舆地广记》"(石泉县)有石纽山,禹之所生也。"

南宋《方舆胜览》:"禹生于石纽。"

南宋《大禹庙记》:"石泉之山曰石纽,大禹生焉。"

南宋《路史》:"(禹母)以屠副而生禹于僰道之石纽乡之所谓刳儿坪者。"

南宋徐天祐在《吴越春秋》的注解中说:"(石纽)在茂州石泉县。其地有禹庙,郡人相传禹以六月六日生此。"

明代《岣嵝碑·跋》:"石泉石纽山,禹产地也。"

明代《蜀中名胜记》:"鲧纳有莘氏,胸臆坼而生禹于石纽。"

清代《四川通志》:"赫赫禹功,石纽发祥。""石纽山在(石泉)县南一里。山麓有大禹庙。"

清代董诏《禹穴》诗:"神禹藏会稽,其生在石纽。"

清代《石泉县志》："禹生于石纽村。"

大约从扬雄之后，禹生于石纽的说法基本上就被后世辗转承袭，接受了下来。问题在于，石纽在史书中也是一个状如星云般的存在。

石纽到底位于哪里？到民国年间出现了汶川和北川的分化。《汶川县志》记石纽村刳儿坪："县南十里飞沙关岭上里许，地平衍，名刳儿坪。有羌民数家，地可种植，相传为圣母生禹处。有地址数百步，羌民称为禹王庙，又称为启圣祠云"。民国《北川县志》："北川县古为石纽村，神禹故里也。"两种说法对远古缥缈之事斩钉截铁，不免让人生疑。从常理上来说，年深日久，岁月播迁，大禹时代的聚居地在这个地质活动频繁的山区，在几千年间，地表形貌变化一定很大，如今是否仍适合人居都不太能确定。但在，在方志书写者和当下本地大多数人那里，这是毋庸置疑和理所当然的。

带着这种疑问，我到传说中石纽所在的禹里镇（原石泉县治城）专门走访了一下。禹里镇在北川的心脏地带，是关内最大的镇，新中国成立后是北川的县治所在，1952年县政府才搬到曲山。红四方面军主要是红三十军在长征途中,经过这里,曾在千佛山与国民党反动派进行过长达73天的战役。

现在的禹里镇书记姓黄,比我小几岁。他先带我去"北川红军长征纪念馆"看了一下,主要内容就是围绕红军在北川100多天这段历史。有一位叫做王志裔的老大姐义务讲解,她的爷爷就是当时的老红军。纪念馆下方是一个小广场,有两个"习语走廊",坐了很多忙闲活、闲聊的老太太。老人们意态安闲,有种岁月静好的感觉。

我们开车去几里路外禹里村石纽山的一个偏僻半山处,找到镌有阳刻篆书"石纽"二字的巨石,这是禹生于北川的关键性物证。一个中间有裂缝但基本上完整的青灰石头,目测有至少七八米高,上面依山势加盖了遮风挡雨的亭子。石头脚下立了一块绵阳市重点文物保护单位"石纽题刻"的碑,落款是2018年11月,已经长了苔藓。黄书记说这两个字是扬雄写的,我对此始终有点疑惑。浙江绍兴会稽山麓大禹陵里的"石纽"碑上的字,确实即是以此处题刻拓片复制而成的。扬雄也确实是蜀人,老家在如今以豆瓣酱闻名的郫县,距此地不过150公里,完全有可能到过这里。但孤证难立,这荒郊野岭石头上孤零零的两个字，既没有落款，也没有其他旁证，总不免难以全然令人信服。

黄书记说话的情形，让我想起许多年前做田野调查时，在山西绛县南樊镇一个叫做尧都村的地方，遇到的一个文化站站长。那位苍头黑脸的老伯确凿无疑地说尧帝就是他们村的，并且说有证据。于是，他带我去看证据，暮色苍茫中好不容易找到一间堆放本地文物的库房。在一堆杂乱无章、真假难辨的文物中，他指着一块碑得意地说："你看！"我一看，原来是一块道光年间地方官员立的碑，说尧出生在这个村。道光年间的碑如何证明几千年前的尧这个问题，他似乎没有想过。他的思路同我在会议上遇到的专家的思维方式如出一辙，即一种历史实证的逻辑，而不论这种证据的年代错置。道光年间那位地方官的见识，不会超过这位文化站站长，但我理解他们那种对于本乡本土历史与文化的自豪与信念。

用实物去证实口碑，与用文字史料去论证神话一样，从一开始方法论就走偏了，很容易被质疑。北川和汶川申报大禹故里都被人质疑过，原因就在这里。我丝毫没有怀疑，申报者们对于已经和行将远去的事物，真切地怀有隽永又绵长的情感。也正因真诚,让他们具有了一种狭隘与悲情。其实,口头传说并不需要实物去证明,它在人们的集体记忆和心灵空间中自成一体,更倾向于信仰与情感,是一种代代相传的族群记忆建构。

四川大学的李祥林教授从人类学视角考察,认为处于中原之西的羌人世世代代对大禹故事的讲述,表达了他们对上古英雄人物的崇拜,并借此神圣叙事强化自我族群的内在凝聚力,口口相传的大禹传说成为羌人身份表达的族群代码。你无法质疑羌人在讲述该故事时情感表达的真实性,也无法忽视羌人口述此类说法背后共同体认同意识指向的真实性。古往今来,民间涉及大禹的种种神话传说中,积淀着未必不真实的关于族群历史的观念。

李祥林引用过一首羌族劳动歌:

  白色的云,红色的云,彩色的云,为啥相聚在蓝天上?

  羌族人,汉族人,藏族人,为啥相聚在羌山上?

  三种云在蓝天上相聚,是为把蓝天点缀得

更美；

　　羌汉藏三兄弟相聚在羌山上，要为羌人修房造屋。

　　房内应当怎样修？房外应当怎样筑？房外应当怎样平？

　　羌汉藏三兄弟，围着篝火细商量。

　　汗水流在一起，笑声飞在一起，劲使在一起。

　　这首民间歌谣优美、大气而充满生活气息，放在今日看依然有着现实意义，折射的是一种羌汉藏混居地方人们之间质朴友善的合作与友爱，也是中华民族共同体意识具体而微、自然而然的生动体现。

　　从禹里镇沿着石泉路走，进入山中小道，不到10公里就是传说中的大禹诞生地禹穴沟。这个沟相当狭长，北面有九座连绵的山峰，本地人又称之为九连山。就山势风水的角度而言，禹穴沟藏风聚气，是"九龙归位"的好去处。此地原先有个开发商打造景区，2016年曾经开业，尽管偏僻，但大禹出生地名声在外，加上景色幽绝奇丽，门票一年就能卖到五六百万，算是不错的收入。不幸的是，在 2020 年夏季的水灾中，景区设施和道路被冲毁了，现在正在恢复重修。

禹穴沟入口处是一座小小几间房的"禹王宫"，原来叫禹王庙，是每年民间祭祀大禹的场所。"禹王宫"或者"禹王庙"的名目，全国各地不知凡几，成都的龙泉驿、重庆的渝中、蚌埠的禹会、许昌的禹州、威海的环翠、台州的温岭、商洛的山阳、潍坊的寒亭、西安的鄠邑、运城的芮城都有，印证了禹迹遍布溥天之下、率土之滨的人王性质。北川禹里镇的这座禹王宫新建没多少年，门口的小广场上堆放着水泥，还在修缮之前的水毁部分。

羌人祭祀大禹的历史由来已久，据说在唐代设置石泉县（634 年）以前，石纽山下就建有大禹庙。农历六月六一般被视为大禹的诞辰，官员会带领百姓用祭祀社稷的太牢之礼（牛、羊、猪三牲齐备）致祭大禹，相沿成习。1935 年，原先位于石纽山前的禹庙毁于火灾，庙祭活动就转移到了相距十几公里的禹穴沟入口的禹王庙。史料中记载庙会期间，四乡来拜，人潮涌动，水灾旱年尤甚，如今亦然。官方参与到民间祭祀中，最初有实用的政治治理考量，因为当王朝政府与边地民族关系紧张时，共同的祖先祭祀可以缓和矛盾；如今则在治理调和地方、团结巩固民族关系之外，更有一层文旅宣传的经济含义，可见仪式行为的定位和目标之位移。

今天新北川的一切都是如何与此前不同啊！假如大禹真是此地生人，距今大约4100多年，可能之前的4000年变化都没有晚近100年大，而晚近100年中，又以最近20年的转型最为显著。

从2019年，北川承办第一届"海峡两岸大禹文化交流活动暨己亥年大禹诞辰祭祀典礼"开始，这个活动已经举办到了第五届。我参加过2022年7月4日（农历六月初六）的祭祀典礼，像往年一样，主祭场设在新县城的禹王广场，禹王宫和石椅寨等地同步进行，官民同拜，喜气洋洋。本地的居民、外来的游客麇集在一起，那是一种古老的集体欢腾的复归，带有狂欢色彩，是在平常日子中难得的休养生息与恢复生机的时刻。在这种文化意涵之外，祭祀典礼作为依托，主要目的在于为海峡两岸交流、学术研讨、投资推介和特色产品展销，提供平台和渠道。

2023年是大禹诞辰4150周年，这年的六月六是7月23日。与主祭场同时，上午9点，禹王宫也开启了祭祀活动，礼炮轰鸣，击鼓撞钟。仪式过程包括向大禹敬献花篮和羌红、恭读祭文、行礼、乐舞告祭表演、转白石祈福、取水等活动。祭品队、禹旗队、释比队、皮鼓队、唢呐队、沙朗队及水龙队等12支队伍，共有120余人、省非遗中心代表、禹里镇全体机关干部、禹里镇村（社）干部及群众800多人参加。镇上如此，县城里可想而知，人要多好几倍。断断续续三年的疫情结束，人们的心情放开，出行也方便了，所以规模比前几年要大得多。

　　祭祀为表，政治经济为里，但是文化与政治经济也并非一般"文化纯粹主义者"所说的两张皮。往往有许多脱离实际生活的知识分子很容易产生文化纯粹主义的幻觉，似乎"文化"是世俗功利之外的超脱之物。然而，事实的情况是，如果文化同普通民众生活不发生关联，那注定不会具有绵长深厚的生命力。水至清则无鱼，文化自身也一定泥沙俱下、细大不捐，涵纳着生活与生命的各个方面内容。

　　黄书记步伐矫健，在前面带着我一路往禹穴沟里走，一路介绍。经过一个金锣亭，据说"摇亭碑动金锣响"，因为岩上有很多空洞,风吹过会发出声音。山外烈日当头,到此两山夹峙的深谷沟底,山泉跳跟而下,溪水哗哗,衬着碧草绿荫里的寂静,清凉之感沁人心脾。

山沟曲里拐弯,开阔处峡间巨石上刻有"禹穴"二字,"大径八尺,仙才无放,谨严有度",相传是李白所书。我看那"禹穴"分明是颜体,跟绍兴会稽山那颜真卿书写的"禹穴"如出一辙。又往里走很远,还有一处已经不太分明的"禹穴"两个小字,为篆书。这两个石刻是禹穴沟得名所在,但无论是黄书记还是北川政协文史研究人员似乎都不能准确说出镌刻的时间。我也不甚了了,对于一个没有好古癖的人而言,即使弄清楚了也并没有多大意义。人们弄不清李白到底来过这里游玩没有,仅只相信他来过就够了。天宝六载(747年),杜甫在长安送别孔巢父,赠诗有言:"南寻禹穴见李白,道甫问讯今何如。"让他到禹穴给李白问个好。可见在唐朝时,禹穴之名已传播广远,但是不是这条禹穴沟就未可知了。

沟的两边分别是禹里村和禹穴村,与其他村寨并无二致,藏于深山密林中看不出任何端倪,行走在沟中如同置身于杳无人烟的荒野。一路上,甚至连一个人都没有遇到，只是有些"禹母阁"这样后建的景点、雕塑显示出朴拙的可爱，通过水蚀的痕迹能够看出一种难得的野气。一口瀑布下的小潭处，堆积了一些光洁润滑的石头，据说原先那些石头都是红褐色，相传是大禹母亲生完孩子后，洗血污所染。现在已经看不到赭石了，它们都在2020年洪灾中被山上冲下来的泥石流掩盖了。路上还看到一处极为隐蔽的摩崖上刻有"天光一线"的行书，字体潇洒遒劲，辨识不了何人所书。这条沟相当幽深，以我们的快速行进步伐，来回还花了一个半小时，景色确实不赖，自然基础绝佳，如果闲来无事，不带任何目的的休闲游览，真是一个好去处。

爬高上低的山路，把我累得够呛，汗出如浆。黄书记倒是大气不喘，他是从新疆回来的退伍军人，矮胖壮实，说起乡镇的规划来头头是道。在我去调研过的所有乡镇中，他是为数不多还想到后来要给我发一些补充材料的人，在书记镇长里也算是不多见的有心人。县里许多乡镇的科级干部都是退伍军人，很多这样的能人，跟他们比较起来，我可能除了多读了几本书，人情练达等方面的能力没有一项比得上的。

黄书记的规划只是在禹里镇的开发，北川县的整体规划则是要让禹羌文化发扬光大，成为地方文化品牌，这并不容易——不仅全国各地很多地方都有大禹传说和行迹，很多地方也有同样的诉求和规划。用少年禹打造城市IP，倒不失为一个很好的创意。

大禹同北川的关系，在口头传说中就是少年时代一段时间，成年后离开家乡，"岷山导江，东别为沱"，更是足迹九州，遍行天下。相传《禹贡》就是他所编纂的，将天下划分为冀、兖、青、徐、扬、荆、豫、梁、雍九州，让洪水横流、不明区域的大地获得了清晰的面目。同时，又以京畿为中心，由近及远，分为甸、侯、绥、要、荒五服，为社会与文化建构了秩序，从而为华夏文明梳理了大一统的向心圆理念。

如果以今日的眼光看，大禹划分的"九州"大致地域包括了山西、河北、山东、河南、江苏、安徽、浙江、江西、湖北、湖南、陕西、四川、甘肃、青海的部分地方，主要集中在黄河、长江两大流域。大禹也被认为是《山海经》的撰述者之一，更是汪洋恣肆地涵盖了宇内海外的异国殊方。以当时的技术与交通水平，大禹不太可能全部都是实地到过，我有时候想，那个行走在天下的大禹已经神格化，不再是具体的人，而是对各个地方治理水患、疏导壅塞的人们的一种隐喻性表达。他们的事迹被叠加、灌注在禹的身上，使之成为一种集体人格的象征。

"大禹治水"蕴含着一种中国精神，如果同犹太教与基督教中的洪水故事相比，更能凸显出其不屈不挠、反抗绝望的人的意志。当洪水来临之时，诺亚受到神的指示建造方舟，让家人和陆上生物栖身船上逃生。大禹却是同华夏的民众一起，立足于大地之上，齐心协力，胼手胝足，与洪水抗争。最初是禹的父亲鲧窃息壤，试图建坝拦阻，但川壅溃决，未能成功。大禹则改变了治水的思路，因势利导，凿开夔门，疏通江海，从而划定天下九州。他没有独善其身，更没有逃离，而是在顺应自然的基础上与命运抗争，并且赢得了胜利，为后世奠定了华夏人文的版图。

大禹的这种不屈不挠、集体协作、因地制宜的意志、智慧与精神，有别于其他古老民族的表现，同精卫填海、愚公移山、夸父追日之类中国上古神话所体现出来的观念内核一样，充满了自强不息、逆天改命的精神，构成了中华民族弥足珍贵的非物质文化遗产，直至今日仍然值得不断地返回与张扬。

羌族传统灯会唱词《大禹治水》中唱道:"山有树,树有根,我们来唱羌族的根。最能干的'耶格西',是他疏通了九条河,时间用了八年整。""耶格西"是羌人对大禹的称呼,那些投身到发展建设新北川的民众其实都是当代的"耶格西"。

因而,北川是小禹的故乡,那个出身于羌人群体中的具体的个人。他是大禹的一个分身,也可以说是层累叠加的大禹形象的有机组成元素。无数的小禹融合成了一个大禹。

无数个小禹的意义在于,他们说明了大禹的来源,一个英雄的出生、成长和经历。我参与了动漫《少年禹传奇》中少年禹的人物形象设计讨论,最终确定为一个带有羌族服饰特征的少年形象。与传统中大禹的中年画像、雕塑颇为不同,这个带有活泼与灵气的少年,想要展现出的是生机、勇气和潜能。这个是县里有关部门与功夫动漫公司员工多次研讨商议的结果,包含着我们众多人对于这个古老民族内蕴着的少年活力的期望与召唤。

六

所爱在远方

买马要买四蹄圆，装鞍要装古罗钱；缠姐要缠聪明姐，石头搭桥管万年。

麦子黄了不开镰，我问情哥缠几年；藤藤上树缠到老，石板搭桥万万年。

柏木板子造高楼，灯盏照到门角头；你也无心来照我，我也无心再上楼。

——北川民歌

"亲爱的人儿在哪里？我的所爱在远方。一天好比九天长，一夜如同九夜长。太阳笑从高山落，山后的影子拖得长。站在山顶想着能看到他，下到山脚希望能遇到他，却什么都没有看见。我的爱人在哪里？我的思念，如同伸向远方的长桥一样长。"

这是一首哀婉动人的羌族民间情歌。一个孤独的女子想念远方的爱人，度日如年，夜不能寐，时间在等待和怀想中变得漫长而难以忍受。从日出到日落都是她茕茕孑立的煎熬时分，从山前到山后都留下她形影相吊的徘徊身影。她登上高山遥望，流连于山脚寻觅，只是希望能与他重逢，最终却什么都没有看到。无尽的忧愁，如同长河一样向前流淌；不曾断绝的思念，影影绰绰地化为河上的桥梁，寄托着微茫的希望。

无法想象那个被想念的人出于什么原因，离开了她，也许是迫不得已的谋生需要，也许是误会而负气出走，也许是犯下了某种过错而不得已远走他乡……但是在道里悠悠、山川阻隔之中，他们一时的分别可能就是永远的分离。

羌人的口头吟唱中，这是少有的感伤抒情。

在我所了解的羌族传统和现实观察中，羌族女性很少有缠绵悱恻的口吻。她们给我的直观印象是勇敢、干练、漂亮、心直口快，谈情说爱都有种斩钉截铁的爽利："栀子开花开得怪，开在对门岩上台；有心摘朵栀子戴，藤藤网到不得来。小哥说话不做才，咋不带把镰刀来？几刀砍断刺藤子，大路去，大路来！""六月望郎炎热天，我想望郎坐了船；昧了良心丢了我，陡水滩上要翻船！"

带有文化起源色彩、讲述羌人来源的民间叙事诗《木姐珠与斗安珠》的主角，就是一位形象鲜明的女性。"木姐珠"是羌语，木即天，姐即女子，珠即小或者幺，木姐珠的意思就是天神的小（幺）女儿。她的名字叫日格木万，羌语中意为"倔强的公主"，是个美丽而有个性的少女。"羊角花虽然美丽多姿，哪有她的容貌洁白秀娟；红嘴燕虽然叫声好听，哪有她的歌声甜脆润圆。她常以矫健的雄鹰自比，矢志要展翅翱翔蓝天；她有龙鱼的怪癖个性，爱逆水而上，跳跃险滩。"

木姐珠在喀尔克别山放牧，于龙池巧遇人间少年洗比阿弯（在有的民间故事整理本中也被称作燃比娃，羌语中这个词是"猴毛人"的意思）。两个人交换牧羊鞭，木姐珠赠发定情。但是木姐珠的父亲天神阿巴木比塔觉得人神不可通婚，反对他们交往，为了阻挠恋情，他给洗比阿弯设置了三道难题。这些难题在木姐珠的暗中帮助下，一一得以化解。木比塔恼羞成怒，纵火烧死了洗比阿弯。木姐珠用眼泪浇灭熊熊烈火，润湿并重生了爱人。洗比阿弯浴火重生，褪去被烧掉的皮毛，焕然一新，木姐珠高兴地说："你真配得上斗安珠的美称！"斗安珠在羌语中，是"健美的男子"的意思。这个叙事诗同民间故事相印照，在整个情节推进中，木姐珠都占据了主导和主动的地位，不仅有能力帮助爱人克服困难，同时也用爱和眼泪复活了他，甚至连斗安珠这个名字都是她所赋予的。在中西方共有的神性叙事中，都有"永恒的女性引领我们上升"的传统。女性是富于神性的，给予了男性第二次生命，且让他从一个披着毛的野蛮人成长为健康壮美的男人形象。

最后，木姐珠还从阿妈那里得到谷物树木的种子和牲畜，带到人间，同斗安珠开创了幸福的生活，并且建立了后来羌人的生产生活秩序："石砌楼房墙坚根基稳，三块白石供立房顶上；中间一层干净人居住，房脚下面专把禽畜养。山坡地高寒种青稞，河坝地肥沃种米粮；高山上的牧草多茂盛，正好养马放牛羊！从此，羌人学会种庄稼，牛羊成群放满山；宽广的原野尽羌属，子孙繁衍大发展！"

《木姐珠和斗安珠》是羌族最为著名的叙事诗，是带有创世神话意味的史诗，可以视为一个由蒙昧、野蛮到文明化的隐喻。如果要从历史人类学上进行解释，也可以阐释为母系氏族社会向男性主导社会的转移，游牧狩猎文明向农耕定居文明转化的隐喻。

但它最打动人的无疑是木姐珠所代表的女性行动力和奉献，隐含着羌人族群对女性的隐而不显的崇拜之情。木姐珠对爱情的渴望和人间生活的追求，核心之处在于对自由的向往和用自己双手创造生活的激情与信念。

>鲜艳的羊角花开了，
>怎么不见蜜蜂出现？
>是高山挡住了去路？
>不！蜜蜂能飞跃高山！

池边的杨柳抽芽了，
怎么听不见燕子呢喃？
是浓雾遮住了路吗？
不！燕子能破雾向前！

我越过喀尔克别山，
为何不见有人出现？
是谁限制了人们行动？
不！谁敢把自由缚拴！

蜜蜂飞跃高山，燕子破雾向前，木姐珠要挣脱天神的束缚，成为自主行动的人。重重的苦难当中，人们对美好幸福生活不屈不挠的向往和奋斗愿望，通过女性表达出来，进而成为一种具有原型意味的强力女性人格特征。

一般而言，母系社会结束，女人在口头文化和精英文学中会被表述成神圣与邪恶的两极：一极是美丽的象征、纯洁无邪的天使、善良而甘于奉献的母亲，另一极是污秽的弱势群体、妖冶魅惑的尤物、攀附依赖与祸国殃民的灾星。这些形象的道德伦理元素要远重于现实才能元素，缺乏现实感和真实感，羌族的民间故事中倒是留下了许多普通而又聪明的女性影迹。一个讲述女子为什么要拴围腰帕的故事是这么说的：

> 以前的女子很聪明，很能干，不管是问案、做事、用兵，都是女的当首领。一个家庭，女的也是一家之长，家里的一切事情都由她主持。王母娘娘想：女娃娃太聪明了，一切都由她们去做，也太累了，男的反倒闲着无事，得想法子叫他们互换一下。
>
> 一天，王母娘娘变成个老婆婆，路过一家女子门前，她说："女子，你过来！"那女子过去了。
>
> 老婆婆问："你说现在男娃儿精灵还是女娃儿精灵？""男娃娃都老实、憨厚，女娃娃要精灵一些。"女子回答说。
>
> "来，我给你一张花围腰帕。从今天起你就把围腰拴起来，除晚上睡觉不拴外，早晨起来就把它拴起。六七天后我来问你，究竟和以前是不是一样。"女子拴起围腰帕，过了六七天后，许多事情就搞忘了，想也想不起来，做一些大事就摸不到魂

头了。

王母娘娘又变成老婆婆来了。她问女子:"你现在记性好不好?"女子说:"有很多事记不起了,脑袋没有以前管用了。"老婆婆说:"对!就这样好。"原来,她给女子拴的围腰上画满了符咒,蒙住了女子的心。从这时起,女子就兴拴围腰帕了,同时也变得憨厚了,做好多事情就不行,由男人去做了。

"围帕"这种束缚与禁锢,是后来的、外在的、附加的,含蓄地解释了女性被矮化的历史,而那些无法被全然驯化和压抑的女性能量,则以变了形的"毒药猫"的巫婆形式归来。

岷江上游村寨中,普遍流传着"毒药猫"的传说。它们介乎女巫和邪神之间,基本上都是女性,能够变化为各种动物,主要是猫,能够作祟令孩童生病、牛羊走失,当然,有些时候也会改邪归正,惩罚恶人。"毒药猫"的传说可能来源于对于灾难的恐惧。在羌人聚居的高山深谷中,突如其来的暴雨风雪、容易失足落崖的陡峭山路,可能攻击人类的熊豹野猪,有毒的野菜蘑菇,被污染的水源以及外部传来的瘟疫疾病……都会威胁到村寨民众。然而，这些潜在的危险又无法逃避。由于他们利用山间河谷各种资源的混合经济形态，使得他们无法摆脱这些风险——他们与之共生，所以也有"无毒不成寨"之说，"毒药猫"是整个文化生态系统中的合理化组成部分。"毒药猫"的故事一方面被用来解释这些不幸的根源，另一方面借着述说如何整治、修理"毒药猫"，来诠释、接触或者期望消解那些不幸。女性在这些传说，或者说在人们想象的事件中，就成了替罪的羔羊。

对女性的污名化，在各种古老文化中比比皆是，在羌文化中却像"毒药猫"那样，并不非常酷烈。释比经典中有一部较少为人所知的长篇叙事诗《阿媂则格布》（《莫迷》），可以从中看到此种温和的态度与调和的观念。羌语中阿媂意为妖女，则格意为法术，布就是作，"阿媂则格布"的意思就是作法术惩治毒猫样的妖女。

《阿媂则格布》的女主名叫莫迷，原先其实并不是妖女，而是一个普通的妇女。她的丈夫远行做生意，多年未归，实际的情形应该就是沉迷于平坝汉地的舒适生活，想抛弃掉结发妻子。莫迷在家中苦等数载，不断地寻觅，求而不得，就如同本章开头那首思人情歌中的女性。

由于家中长久没有男人，时常有不正经的人骚扰，族内外人觊觎家产也屡屡算计。莫迷性格刚烈，无力对抗，只能自缢而亡，变成了一个厉鬼守护在房屋，让那些盘算其家产的人不敢靠近。族人招雇了一个乞丐，去闹鬼的房中打探消息。莫迷厉颜恐吓，后来发现乞丐并非那些坏人，就向他述说苦情，并请求乞丐带着自己的魂灵去寻找丈夫，并允诺给予报酬。

乞丐同情这位自杀的女人，就带着她的魂灵上路，走出高山，抵达平原，找到了她的丈夫。莫迷的丈夫并不知晓妻子已死，一次两人去街市中看戏，遇到一个道士，道士告诉丈夫，他的妻子是妖邪，并要作法整治（这在各类民间志怪传奇、《聊斋志异》中颇为常见）。没想到莫迷鬼艺高强，道士铩羽而归。丈夫只得请街坊邻居说和，忏悔了丢家弃妻的罪过，并且延请释比引领鬼魂回家，请母舅押丧，争取舅舅的原谅（西南地区的许多族群中舅权很大，有所谓"天上雷公，地上舅公"之说，是一种母权制与父权制之间的中间形态），厚葬了莫迷。释比于是解秽安魂，销鬼驱邪，祈福招祥，从此家道与地方恢复了安宁吉祥。

根据《阿娇则格布》情节中，戏楼和契约出现在汉羌地带普通人家，以及羌人赴平坝经商的情节推断，莫迷的故事大约出于明清时期，距今不远。因而，她比木姐珠更具世俗性和真切感，今日北川羌族女性的集体性格，更多来自明代以后所形成的文化格局之中，深情而刚毅、凶悍又顽强，颇具地方性。

女性的要强与能干，不遵从中原文化的"妇道"，似乎是川渝地域在大众传媒中留下的普遍形象。李劼人《死水微澜》中天回镇兴顺号的女主人蔡大嫂（邓幺姑）就是一个典型，读过的人都会印象深刻。

西南地区普遍有一种乐于被传播的"耙耳朵"之说——男人耳根子软、怕老婆会被视作热爱家庭、尊重女性的表象。这跟川渝女性的性格泼辣、精明强悍有关系，说明区域文化中受儒家伦理秩序和男尊女卑思想影响的淡薄；更多的也显示出新的时代女性有了更多施展能力的渠道与平台——女性的地位并不体现在男性纡尊降贵式的"怕与爱"，而是作为个体的独立空间和参与公共事务的机会。

北川的许多科级单位的一把手都是女性,其比例远超过我到过的其他县,此种独当一面的情形,似乎更能说明女性的能力与价值。我平时工作中打交道比较多的是县长,一位精明能干的女士,是从白什乡基层成长起来的。她总有一种兴致勃勃的干劲儿,即便是很忙,出现在公众场合总是衣着得体,发型纹丝不乱。疫情期间防控工作抓得紧,时常深更半夜组织布置工作,有一次她从成都学习回来,已经深夜11点多,接到通知,立刻召集开会,等结束时候已经凌晨1点半了。她原先做过市招商局的局长,到县里来招商依然是很重要的一块工作。年初我同她一起到北京考察企业的几天,每天拜访客商,从早到晚不得休息,一直到深夜才能回宾馆。在车上她聊到她在招商局的时候,总共考察接待企业得有上千家,但最后能成的可能只有百分之一。我那时候已经疲惫不堪,深感基层工作,身体素质和精气神真是太重要了——这样的女性耐力和韧劲都胜过了大多数男性。

女干部在处理工作时,会体现出细致和体贴的一面。法院的严院长是一个比我小几岁的女士,有一次晚上散步,她跟我说了两个案例。一例是母亲与长子、次子和女儿合力杀死忤逆的幺儿，偷偷埋在地里。十几年后集体变更地基时，尸体才被发现。那个幺儿一贯强横，打娘骂老子，案发当天喝了酒之后又故伎重演，对家人大动拳脚，母子几人失手之下，将其误杀。考虑到幺儿的冥顽不灵和他母亲兄姐不堪其扰的激情杀人，法院斟酌再三，最后判了母亲4年，其他的都从轻了，乡民们知根知底，对这个判决都很认可。

另一例是某人竞拍到了法拍房，已预付2万订金，突然父亲肾病入院，急需用钱。法院帮他联系了之前另一位流拍的买家，协调转卖给对方，结果皆大欢喜。这两个案例入选了中国法院系统年度优秀案例，是因为他们在不违反原则的情况，合理地将习惯法的因素纳入到审判过程中，充分考虑了涉案人的主客观情况与公序良俗的维护，可以说是情、理与法的有机交融。

公务员在工作中如果表露出过于强烈的情感倾向，一般不会被视作一种美德，这是社会秩序的要求。在私人场合，同一个人会体现完全不同于公共环境中的个人性格。我的联络员小王是一个沉默寡言的憨厚小伙，平日不言不语，很久以后我才知道他也很活泼，工作之余去跑马拉松，到厦门、兰州参加过比赛。都贯乡有一位女副乡长小意，他们是同年考公的，从工作上来说，小意进步很快，小王32岁了，还是一个科员，但两个人关系很好。小意的气质清冷，初次见面时候给我感觉难以接近。后来略熟悉一些，她有一次跟我的车从乡上回县城，和小王一起去喝奶茶，一路谈笑风生，我才发现她也是一个有意思的女孩。

在日常生活中，北川女性不惮于直抒胸臆，尤其是在个人情感与婚姻上。我注意到本地的离婚率和二胎率都要高于全国平均水平，这看上去并不太兼容的两组数据背后有着令人惊异的和谐。人们并不会觉得女性离婚会怎么有损其社会形象或者个人形象，哪怕在公务员系统中也是如此，这显然是现代观念的进步。同时，人们认为生儿育女这种事情是一种人间正道，又葆有了传统的观念，这同大都市中普遍的生育率降低形成了反差。

人迹罕至的穷乡僻壤，也未尝不蕴藏着宝石美玉，平凡的面孔背后，也许深藏着不为人知的过往与情感。每每偶尔在下乡途中，会有令人欣喜的发现。我联系的某个下属部门，有位女公务员，相貌平平，离了婚后，同某个乡镇的一个男孩谈恋爱。我们有一次在假期值班，一起出去吃饭，她喊来了她男朋友，大大方方地介绍给我们。那种中年女子的坦然和自信，让我对北川女子的爽朗以及她们的生活态度加深了一层认识。她们不将就，也不矫情，天然一派，坦坦荡荡。曾经有朋友跟我说，她们的豁达来自地震的生离死别之后想开了，我想，其中应该也有地方民族传统中女性的集体性格因素在内。

遗憾的是，我没有参加过本地人的婚礼。有一次去阿坝的松州古城参加第六届花灯节，第二天从黄龙往回赶，经平武、桂溪回北川。快出松潘县的时候，遇到路边一户农家正举行婚礼，是那种搭棚的流水席，跟我童年记忆中的乡村婚礼差不多。我童心大起，下车跑到红案棚中看帮忙的妇女切肉做菜，有些闲人袖手坐在旁边等开席吃饭，更多的闲人在那晃荡、抽烟和聊天。有个知客比较热络，虽然不认识，还是给我散了根喜烟。我接过来跳上车，挥挥手告别。他要留我吃饭，我说要赶路了。旅途中的插曲，却让我心中温暖许久。

再一次是到寻龙山龙隐镇，参加羌族婚俗彩排，县文广旅局帮助策划导演的一种旅游文化展演。按照古礼，恢复了前现代时期红爷说亲、娘舅把关、接送迎祝的仪节，载歌载舞，热闹非凡。晚上在"其香居"茶馆二楼吃景区的餐饭,同文广旅局的同事们就这个表演和业态打造,交流意见。

对于普通家庭来说,婚礼和葬礼是人生中最重要的两个仪礼。婚礼早先承载了许多功能,分享喜悦与幸福之外,还有财力的展示、权势的夸耀、邻里或者其他利益相关方的联结、形成基本的道德伦理秩序及认证、为新人进入新的社会关系奠定基础,等等。这在前现代流动性不强的社会中,对于维系社会结构的稳定和族群间关系尤为重要,因而也就必然包含了民族与地域的文化特色。

到如今,那些过去的功能绝大部分已经退化乃至消失,婚礼受消费主义潜移默化的影响,要简单得多,即便名流明星那些铺张奢侈的婚礼,其内核也要简化很多。现在北川人结婚已经很少采用传统的繁复程序了,他们大多数选择去佳星酒店、维斯特农场或者飞鸿滑草场这样的地方,由专业的婚庆公司操持的流水线式婚礼。所以,寻龙山复活并改造传统婚礼的展演,除了营造出一种欢乐的场域,有让游客参与性观赏的价值,部分地也起到了复活与再造"传统"的意义。

木姐珠的乐观开拓与莫迷的深情守望、绝望反抗，情歌里的忧伤缠绵与生活中的大方爽朗，构成了性格与情感的复杂性，它们既有地方民族文化的特殊层面，更多是人类共通的内容。我第一次接触那首候人民歌，是在北川羌族民俗博物馆参加县里非遗传习所的土地规划及羌博馆展陈提升方案评审会时，偶尔在一块展板上看到的。

当时就羌博馆的展陈方案，我提了三个意见：一是要把羌族故事讲成中国故事，历史脉络中要有空间视野，比如迁徙和流变，如果仅仅孤立地讲述羌族的演变与沿革，而不关涉它同其他兄弟民族在中国大地上的流转，那就游离在总体性历史进程之外，没有几个人会对跟自己毫无关系的事物产生兴趣；二是现实感，需要在传统文化的变与不变、羌族文化与主体文化的同与异、羌族文化自身的内与外之间寻找平衡，而不能固着于要建构某种奇观化的"原生态"，但是作为羌文化特色的释比和羌红的特点要突出，因为它们最具有形象代表性，尤其是羌红，与宝蓝的蒙古族哈达、洁白或金黄的藏族哈达，在色彩上有鲜明的对比，是一种极富标识感的"中国红"；三是增加趣味性，要在传播中有让人能一下子记住的点，比如"我的爱人在远方，一天好比九天长"这样的民歌，朗朗上口，易于传播，具备超越地域、族群与文化差异的潜质，能够击中人们普遍拥有的共通情感。这些建议后来化入到了规划当中。

情感总是先于理性作用于人们的感知，北川人深知这一点。从绵阳市区经安州进入北川，要经过永昌大桥，那是北川新县城的入城南大门。永昌大桥旁边屹立着高高的地标性建筑：一朵十几米高的羊角花雕塑和"北川欢迎您"的标志。羊角花就是杜鹃花，在许多地方也叫映山红，羌人神话中它是男女爱情的标志。传说看守喀尔克别山的女神俄巴巴西，就居住在羊角花丛中。她主管着人间的婚配，每个凡间男女在出生之前都会路过她所在的花丛，男左女右各自摘取一朵羊角花，然后投生为人。羊角花相对就是一对夫妻，因而它是姻缘花，作为北川的县花，更有着广结善缘的意义。

鲜艳的羌红就来自羊角花，它内蕴的热烈，正如北川人的情感。情感是联结的基础，无论是对于某个个体的恋慕，对于祖先和本民族文化的眷念，还是对于其他同胞和整体中国的认同。但是，我在北川待了那么久，对北川人的情感结构了解得还是太少。可能因为身份的原因，我更多的是在工作层面接触到各级干部和群众，所交的朋友也更多是在筹划项目或者具体而琐碎的事务之上。有了商务或者公务关系，就很少会涉及私密的个人情感与情绪，大家在公共场域表达的都是公共情感。

比如，感恩之情，这是一种深植于灾后民众心底深处的情感，他们对外来的帮助充满感谢和感激，时过境迁也没有淡化消失，而是沉淀为一种内在的冲动。他们在日常生活中也许并不会展露出来，但一旦其他地方发生灾难，他们总会第一时间站起来响应，9月泸定地震，北川人是第一批自发捐款的。这倒未必是迫于道德的压力，而是道德本身就是情感的组成部分。

2023年8月初，河北、北京发生暴雨，涿州一带灾情严重。那几天我人在北京怀柔，接到的慰问电话几乎都是来自北川的，那些我曾经共事过的基层公务员，平日忙忙碌碌，未必想得起我，自然灾害的共情让他们记起了我——公共情感无形中转化成了个体情感。

又比如，忠诚的爱国之情和昂扬的奋斗激情。这种公共情感因为在大众媒介中被渲染很多，很多时候成为官方宣传话语的衍生，似乎离一般个体不是那么贴近，甚至让人对其真诚产生怀疑。但我知道，区别于精致的利己主义者的口头言说，在普通老百姓那里，爱国之情是实实在在的。尤其是对于北川这样的西部少数民族自治的山区而言，来自兄弟省份的援助、国家政府的财政补贴和政策倾斜，带来很多实惠，没有人不会感受到这一点，他们质朴而恳切的情感也不会羞于袒露。

天然条件一般、自然灾害频繁，这一切的不利因素，反而磨砺出一种豁达明朗、顽强不屈的潜在意志，支撑着奋斗的激情，让人们将精力都用在谋求发展之上。他们所思所想所钟情者，固然立足于此时此地，同时指向于开放的未来与遥迢的远方。

个体性格与社会人格、私人情感与公共情感，有时候会显示出截然不同的面目，根底里却又互不悖反，成为相互补充的侧面。如果要我说，在北川，它们共同形成了一种对爱人、家庭、时代与社会的萍水相逢的情感结构。

对于离别的具体爱人来说，我们都知道对方就在这世界的某处。在这个时代，已经没有天涯海角，哪怕在撒哈拉沙漠的边缘，在格陵兰岛的角落，在日喀则乡下，只要想找都能够找到。但是，许多人终生再没有见面。之所以没有再见面，是因为萍水相逢。萍水相逢意味着缘分就在那短暂的相遇，它不会像电影中演的那样再次相逢，获得一个圆满的结局。对于家庭、时代、社会也一样，当你意识到生命只有一次，所有的必然性在偶然性中孕育，反之亦然，那么在与生活萍水相逢的时候，就尽力过好当下，回望过去与向往未来，也都是为了珍惜得来不易的今天。

我与北川也算是萍水相逢，它教会了我以一种萍水相逢的态度——尽力地热切地努力地生活之后，无论有没有留下遗憾，都是最好的人生。

七

河畔之人

人的头发要学着森林的样子长,眼睛要学着太阳的样子长,耳朵要学着树子上的木耳的样子长,鼻子要学着山梁的样子长,眉毛要学着地边上的草丛丛的样子长,牙齿要学着悬岩上的一排白石头的样子长,舌头要学着石岩中间夹的红石头的样子长,肩膀要学着山坡的样子长,人的心脏要学着桃子的样子长,人的大腿要学着磨刀石的样子长,人的膝盖骨要学着歇气坪上的石头样子长,人的小腿要学着直棒棒的样子长,脚板要学着黄泥巴块块的样子长。

——羌族开咂酒曲子《人是咋个来的》

6月底，我带商务经合局与工科局的人到阿坝州金川县，考察一家位于业隆沟的矿场，主要是看锂矿石提炼流程及其过程中采取的环保措施，以便确定是否可以引入本县。上午9点出发，干热的路上走了3个多小时，中午在理县吃了一个牛杂火锅，出了一身汗后继续上路。傍晚赶到马尔康，这是作家阿来的故乡，日落时分只见浊流奔腾的沱水，在大山间奔涌向前。

休整一晚上，第二天上山，沿着梭磨河往西南方向走。路旁景物，如同阿来的一首诗所述：

破碎的岩石

被虬曲的树根紧紧抓住

柏树在灰色天空下

听见岩石被抓碎的声音

以及另外一些东西破碎的声音

高耸的柏树

孤独而又沉静

遭受烈日的暴行

稀薄的影子是沁凉的忧伤

那是对于夜的怀念

那是露水的芬芳

　　一路经行，昏昏欲睡中发现已经在半山，路面是碎石和泥土，没有经过修整的原生模样，树木枝叶上布满灰尘，已经是3000米海拔。进业隆沟的道路随着地势逐渐抬升，愈加崎岖颠簸，车子开得慢，前面带路的车扬起的黄土灰常常把玻璃遮住，让我们不得不停下来，待浓尘散去再跟上。从山头冲下的山泉，在路边汇聚成沟渠，流淌的溪水发出巨大的声响。纵然烈日当头，空气干燥，泉水的迅疾与欢笑倒是一点没有减弱它润泽的气息。到了海拔3600米的时候，车子又停了，前面有一辆大卡车挡了路。我下来查看，才发现前面至少有十几辆大卡，这条偏僻道路上的车辆显然都是到矿场运矿料的。

　　又行了两公里多，终于到了矿业公司的驻扎地，就是简单的钢质预制板搭的房，建在山坡狭小的空地上。

这个地方10月落雪，11月就封山，有效工作时间也就4个月左右，这也是矿主想到外面找个地方再建一个选矿厂的原因。

这家矿业公司是某集团下属的孙公司，上一级子公司是锂业子公司。2016年就拿到了此地采矿权，2019年建设，2021年8月开始投产，那时候他们产的锂精矿市场价是3000元一吨，到年底行情看好，猛然涨到了4万元一吨，也就是说路上看到的那种大卡，一车就能卖100万元。他们年产量有70万吨，按卖出28亿元算，去除给县里的25%和其他成本，意味着毛利有20亿元。这对我们县里来说很具吸引力。

我去选矿车间看了看流程，他们在洗矿水里加入添加剂，经过化学反应，从矿石中提取锂精粉。库房里堆积的成品锂精粉就跟细的黄土粉差不多。尾矿废料则用高压泵打到山上更高一处的尾矿库。采矿基地则在海拔4000多米的一个地方。

从利税角度来说，这个项目对政府收益不错，但一个问题是北川建厂的地方可选择的区间不多；另一个问题是用水量较大，当然，水还可循环使用；根本的问题主要是尾矿处理，需要通过环保部门的综合评估。两个月后,通泉镇的唐书记给我打电话,说场址落在通泉了。

按本地说法,唐书记是我的"老庚",也即同龄人,但经历可比我丰富多了。他原先在新疆当兵,复员后在老北川县城开了一个兼营婚纱摄影的店,后来在县里商务局工作过。2008 年"5·12"地震的时候,他正好手头有 DV 机,录下了现场的第一手实况,彼时因为道路断裂、交通阻隔,救援部队和外界人士还进不来。他是第一个记录者,中央电视台新闻联播的实况录像就是他的 DV 机拍下来的。

也正是在那次,他和当时刚大学毕业、赶赴灾区的四川电视台的小李与小邓成了共同经历生死的朋友——他们相互扶持,一起在废墟中记录了最初的影像资料。小李和小邓这两位 2022 年正好从成都到川台绵阳分台任职,14 年过去,也已经人到中年。他们来北川县里采访,机缘巧合说起年轻时候认识的小唐,那时候他们都是 20 多岁的年轻人,小唐那一年也刚 30 岁。时光荏苒,小唐成了唐书记,小李成了李台长,小邓成了主持人。

跟同龄的唐书记和略小几岁的李台长一起,不由得让我想起从金川返回时经过的一个孤独的高速公路收费站。收费员是一个年轻的小伙子，长得白皙帅气，不像是高原上长大的孩子。那条高速公路是一条孤独的道路，行车不多，收费站周边很广的范围里都没有人家。我们匆匆而过，但这个秀气而礼貌的收费员给我留下了深刻的印象。不知道他上下班是从哪里来，回哪里去，用什么交通工具。不远处倒是有一座水库，也不知道他有没有时间会在下班的闲暇去大坝上逛一逛，看看水。

这个世界上有很多人的生活是我所不了解的，他们看似单调乏味的工作背后一定也有自己的烦恼与忧愁、困惑与欢欣。那种生活可能如同他们谋生的职业一样，无聊、刻板、乏味，但他们也是完整的人，有自己的亲人和爱好，可能也有一颗丰富的心灵，只是无从为我所知罢。

下乡出差的途中，总会遇到各种各样高速公路收费员那样的人。他们可能是一位孤独的护林员，一位百无聊赖的修理工，一位愁容不展的店主。北川的路上每天都会跑着很多运矿石的卡车，但是我没法像一个无所事事、游手好闲者那样去同他们攀谈，因此几乎没有机会同任何一个司机聊过天。

这也不算什么，但多少会让我心生沮丧。

如果有交流当然会很好，我可以了解他们的基本情况、生活状态与情绪，没有交流，就缺乏富于质感的信息，不能做出判断，也不能发现可能在态度与认知上的分歧。然而，这一切都是建立在语言的透明与可靠性，以及彼此世界观与认识论上的相互理解的基础上。更多时候，交流只是可能使原本的感知变得迷茫，甚至充满误会与偏见，强化乃至固化某种既有的印象。生活与人性的复杂性以及人与人之间的差异远超想象，有些问题没有答案，也并不是所有人都生活在同样的想象当中。

有一次沿着茂北公路走，经过土门镇时，正赶上堵车，车子排了很长的队伍。车中枯坐等候许久，不见前方挪动的迹象，心中焦急，我下车往队列前面察看情况。路过一辆重卡，一位妇女正在往窗外倒淘米水，这是我第一次近距离接触长途汽车司机。重卡的驾驶室后面有一张床，还有一个天然气灶台，夫妻俩轮流开车睡觉，车子则一刻不停。他们大部分的生活都是在那高1米半、宽2米多一点的空间之中，普遍休息不足，赚的是辛苦钱。那位老哥手搭在方向盘上，眉头紧蹙，我递了支烟给他，他笑了笑，夹在耳朵上，并没有说话。

我遇到的同事、客商、小唐和小李的生活也是这样，我只是看到了他们工作上的一面，偶尔在酒酣耳热之际会有一些真情流露，但很难窥探到真正的内心。第二天又是新的一天。我们是难以真正意义上共情他人的，语言也通达不了生活。就像《大佛普拉斯》里的台词："虽然现在是太空时代，人类早就可以坐太空船去月球，但永远无法探索别人内心的宇宙。"

我很理解那位心急如焚沉默不语的老哥，他那样在路途中奔波的人，闲谈的兴致早已被几两碎银排挤在外，没有心思去想更多的事情，更没有情绪去抒情。他们没法"慢慢走，欣赏啊"，但这并不妨碍他和他的妻子是当代生活中的英雄。

大抵对于遥远事物的美好想象，都停留在现实之外的滤镜中，那些在青片河、白草河、石泉河和安昌河，以及无数河畔生活着的人们，在湍急的生活激流中，不会去讴歌河流与峡谷。河流峡谷只是他们生活的背景和可以利用的资源，而不是感怀的对象。就像我的身份在北川就是一个公务员，工作中蜂拥而至的人、事、物将时间充满，没有给闲情逸致留下什么余地。诗意的情感诞生于闲暇和余裕,那种"感时花溅泪,恨别鸟惊心""我见青山多妩媚,料青山见我应如是"之类,都是农业文明时代、缓慢生活节奏的产物。

到如今,日出而作、日入而息的天人合一想象,再也没有发挥的余地。夜晚的寂静与漫无目的的闲谈,被电视与手机填充,人们从自己原先血肉相连的环境中剥离出来,成为一个个新的主体。

以前羌人聚会,会在喝咂酒前唱人类起源的古歌:"人的头发要学着森林的样子长,眼睛要学着太阳的样子长,耳朵要学着树子上的木耳的样子长,鼻子要学着山梁的样子长,眉毛要学着地边上的草丛丛的样子长,牙齿要学着悬岩上的一排白石头的样子长,舌头要学着石岩中间夹的红石头的样子长,肩膀要学着山坡的样子长,人的心脏要学着桃子的样子长,人的大腿要学着磨刀石的样子长,人的膝盖骨要学着歇气坪上的石头样子长,人的小腿要学着直棒棒的样子长,脚板要学着黄泥巴块块的样子长。"这是人模仿自然成长的神话叙事,如同盘古开天辟地后,身体化为日月山川一样,是一种触类旁通的相似性思维。

这种自然仿生学在这个河边轰隆隆地奔驰着运矿

石大卡车的工业时代,部分地失效了,虽然仍有很多人在一种怀旧情绪中不断地缅怀那种人与自然之间的亲密无间。毫无疑问,其实大家心里都很清楚,那只是美好的愿望。因为文化就是人们将自己从自然状态中区隔出来,田园牧歌时代的区隔没有那么明显,工业机械与电子网络、AI时代,人造物与技术已经成为了另一种自然日常。

第一次去石椅村,我就遭遇了这样的认知刺激。石椅村位于凤凰山的中腰,是北川比较有代表性的羌族风格寨子,当时已经改造成了模范的旅游接待点,建筑焕然一新。车子经过几个急转弯的陡坡,爬到一处山门,再登几十级台阶,就进入到寨里了。深秋已过,山上的李树、枇杷还没有变黄,地上杂乱长着巨大的萝卜缨,反倒愈发苍翠郁勃。在等待来人的过程中,天气阴沉,院中生起了篝火,我凑过去取暖,但也只是向火的一面才有点热气,还不能离得太近,衣服都快被烤焦了。

脚被冻得生疼,我站起来往寨内高处走,一户人家的火塘边围坐着几个跟我同样等待中的干部在烤火。他们吃着花生,嗑着瓜子,瞎聊天,那种情形就跟我年少时在老家拜年吃完饭后,亲戚们圪蹴在山墙下闲聊差不多。我也懒得坐，就一个人往村里走。爬山的过程中，身上慢慢热起来，脱了大衣搭在臂上，偶然撞见了一个巷口有两个老汉在杀猪。其中一头已经处理得差不多了，另一头内脏也扒出来了，在一个大桶里用开水清洗刮毛。我已经许多年没有看过这种杀猪场景了，那是童年乐趣之一，不仅是场面刺激兴奋，更主要是杀猪后会有丰盛的晚餐。

我用手机对着杀猪的场景拍了一张照片。旁边看热闹的一位看上去有70岁的老妪说，发个抖音，杀年猪。我颇为惊讶。这样犄角旮旯的山里小巷，像她这个年纪的老太太却知道发短视频，可见新传媒能量的巨大，技术改变生活的一个侧面——她的日常生活已经赛博格化了。

这是现代性的缩影，它的背后当然是科技、商业和消费所主导的城市文明。乡土在这种新兴而不可抗拒的潮流中慢慢地被同化，"同化"未必全然是坏事——技术本身的价值中立性，让几乎所有地方乃至区域发展极不平衡的地方的人们都成为某种意义上的同时代人。但是，"同化"也有一个让情感上怀旧的人难以接受的后果，那就是人们有可能对既有的传统弃如敝屣、毫不珍

▲ 北川石椅村

惜，除非它们能带来实在的利益。"传统的创造性转换与创新性发展"是一个宏大命题，在我看来，一切都应该顺其自然，任何一种有活力的传统都必然是不断吐故纳新、自我蜕变的。

按照"一年一个样，三年大变样"的工作目标逐年蜕变的石椅村是一种，不仅变得更有"颜值"了，村容村貌和产业承载力都得到大幅提升，村里群众的生活也变得更有"品质"了，通过引进中国未来乡村数字中心等机构参与村里项目运营，2023年石椅村接待游客数超过40万人次，旅游综合收入超过5000万元，带动人均可支配收入突破6万元，同比增长超50%。相比之下，药王谷则是另外一种。

近年来，北川以专业合作社、产业协会、家庭农场、种植大户为依托，建立起了一批规模化、标准化、集约化、产业化的中药材种植示范基地和生产加工龙头企业，促进中药材产业高质量发展。其中，药王谷位于桂溪镇，以漫山遍野的辛夷花著称，顺理成章地，它也就以生态康养作为主题。它的老板何总下海投资营建了这个景区，并且迅速拿到了4A级的牌子。不过，与一山之隔的九皇山景区相比，药王谷嗣后的经营并不理想。我到北川后协管文化、旅游、商务与经济合作，参与处理的第一件大事就是药王谷破产重组事宜。

药王谷的原生资源非常不错，虽然冬季辛夷树都光秃秃的，但雪结在树枝上形成雾凇，别有一番美学上的高级感。只是因为何总摊子铺得太大，资金链断了，形成了债务困境，对景区也无法追加投入升级设备。这种困境在商场上很常见，但景区的旅游产品单一，才是运营不佳的根本性问题。虽然"全息健康"的理念提得不错，但光辛夷花节这一个产品，季节性太明显，受自然条件影响过大，秋冬季节没有替代性和新创产品，完全不足以支撑这么大的景区。另外，一山之隔的九皇山景区也形成了巨大的竞争压力。不过，作为已经形成品牌的景点，北川当然也不愿意放弃，政府的平台公司准备介入，清理债务，重构产业链。

纯粹的自然风光已经难以为继，还需要引进、创造更有科技含量和娱乐性的设施与产品。我和同事先后为了这个问题，几个月间跑去药王谷四五次调研、开会、商讨，身心疲惫而又觉得重任在肩。从万物萧索的寒冬腊月到漫山辛夷盛放的三月，心情才稍有放松。那个时候药王谷显示出如梦如幻的生机，让我想起在山路上偶遇飞过的漂亮大鸟，像沉静春山的悦动之心。

在这些文牍为主的工作中，外在的风景只是偶尔才会映入眼帘，很多时候连节气的变化都无意察觉，跟高速公路收费员、卡车司机、摊贩与小业主打交道的机会更是屈指可数。我接触最多的是基层，这是一个生活圈层——基本上没有私人生活和情绪。

平日同我交集比较多的是邓书记，虽然是政法委书记，但是因为是从基层老师转行从政，对本乡本土知根知底，且有文化素养（他是学美术的），所以也分管部分文化旅游与开发工作。邓书记个子不高，身材敦实，精力旺盛。他一天的行程可能是这样的：清晨一早坐两个多小时车到成都省厅汇报工作，下午回到县里后，乡里有了事，立刻又驱车一两个小时下去，处理完事情回来县城，可能晚间还会召开一个工作会议，部署下一步工作。这种兴致勃勃地投入到工作中的状态，着实令人佩服，自感要向他学习。毕竟他年长我有10岁，还有这个精气神，完全是别无旁骛的心力所至。

科级干部比如各个局的局长或者乡镇的书记镇长之类，行事风格则要直接很多。他们从基层的实际事务中打拼上来，无论在个人的工作能力，还是待人接物上都精明强干。

记得有一次同一位主管经济的副县长在路边等上级领导，左右无事，两人闲聊。他是一个勤勉的实干家，处理起事情来有杀伐决断之气，我经常看到他的办公室灯亮到很晚。

"不能婆婆妈妈！"他总结道，然后忽然问起来我，"你觉得你做学问这个事情的价值在哪？"这个突如其来的问题，让我措手不及。我们平时没什么交流，虽然开会总是挨着坐，他每每都是急匆匆来去，就算是点头之交。他忽然问起了这个关乎人生价值的问题，倒是出乎我的意料，这才想起来他也曾经是某985高校的高才生，在企业也干过很多年。

我就反问他："那你觉得你做目前的工作，意义在哪里？"他不假思索地答道："我搞项目，切切实实改变了本地人的生活啊！"我就说："我生产知识和理念，可能没有你那么直接，但是从长期来说，也是在改变人们的生活。"只是他可能更有踏实感，我有时候不免陷入到虚无——那也不算坏事，至少保留了一种自我的警醒。

尽管协助分管文化、旅游和经济合作，但我更主要的角色是"补位"，我反而可能比其他领导接触到更广泛的下属单位。

不过，倒也遇到过某个嚣张的局长，这种惯性有时候也会不自觉地出现在同我的应对之中。显然，那不是他情商低，只是他觉得没必要客气，我也不以为忤，因为那人真是"办事之人"，基层需要的就是这样的人，老百姓也认可他所能带来的资源和利益。这是存在于人际交往中的情形，不独北川如此，在其他任何地方都是这样，不会有太多中外之别、现代社会与传统社会的差异，或者发达地区与发展中地区、民族地方与东南沿海的不同。

对于农村来说，除了像春节这样的重要节日，年轻人留下的并不是很多，他们绝大部分都会奔赴经济更为活跃的城市求学或者谋生。这是经验的代际差异造成的，年轻人与他们的父母辈在不同的视听文化环境中长大，视界打开了，不再认同和接受躬耕田亩的生活方式，选择了离开故乡。根本的原因还在于素朴的经济理性让他们认识到瘠薄的山乡地力有限，无法提供更多的机会与可能。

在这样的环境中，我同县城里的居民其实反倒接触得不多。我很喜欢去乡村，那些身着靛蓝布长衫，外套羊皮褂子的老汉，包青色头帕的老奶奶，让人感觉很亲切。同他们坐在火塘前，拉拉家常，颇有时光回流的感觉。他们亲历了堪称翻天覆地的时代变革，儿孙多离开了躬耕田亩的生活，或者外出寻找了新的生计方式，或者留在本地安身立命，也多以养殖种植旅游为主业，田地里的活计更多是一种传承已久的基础习惯。因而，他们也就有了更多闲暇的光阴，反倒比大都市里奔忙的人们更有一份时日悠长的恬淡。

在一户叶姓人家，只有爷爷与孙子在家，儿子儿媳在外务工还没回来，孙子在山东大学读计算机专业，刚放寒假。我给爷爷带去了花生油、米和春联，其实他也不缺这些，但这份来自"政府"的年礼，让他非常高兴。每当这样的时节，我就会觉得人间温暖，自己做这些琐碎之事也是值得的。他们让我回想起自己的童年，那时候年冬腊月，四下无事，只等过年，亲戚们来来往往，烘托出热闹与欢腾的氛围。

初到北川那段时间，冬季已经来临，湿冷裹人，此地没有暖气，夜间要花很长时间才能将被窝焐热。我弄了一个"小太阳"电暖气，除了烤煳了自己的几双袜子和被单，似乎也没有起到太大的作用。城里人对四季的感觉已经不再分明，稍微往乡下走一走就发现，下在县城里的雨，到了山里就变成了雪。也正是这种寒意，让围着火塘唠家常更显得温馨。

小侯是返乡创业的典型，最初是将老家的土鸡贩卖到市里，后来倒卖过液化气，拉客进山里游玩，靠这些生意攒下了钱。后来，经朋友介绍去新疆发展，同别人一起开加油站，赚了钱后回老家开发了"山岔沟"风景区。小侯是藏族，生于 1980 年，小刘则还要小几岁，是个羌族孩子。他是一个精瘦的年轻人，家境贫穷，十几岁就从山中走出来，辗转在青岛、成都、西昌各地打工，慢慢积累起一点资产，回乡养猪、卖山货，建立了"老片口"的品牌，主要经营蜂蜜、腊肉这些土特产。这两位 80 后都有很多故事，热情直率，我很喜欢，他们也叫我老哥。小刘有一次还介绍了一位来自安徽铜陵的夏总，夏总年纪大一些，文化程度跟小刘差不多，先是跑长途汽车，又倒卖过煤炭，很有经营头脑，机缘巧合中，到北川投资建设了第一批地埋式垃圾处理装备。

这些人出身底层，凭借自己的勤奋和好学，在不断摸索中前行。上升的社会恰逢其时地为生活在其中的个体提供了上升的可能与机会，蓬勃兴起的市场经济，原先的社会结构和经济秩序发生巨大的变动，也就给了两手空空的底层民众上升和流动的余地。

时势造英雄，许多白手起家的神话根底里不过是时代的红利。人与时势之间互相为用。个体的命运同整个国家和社会的转型是如此息息相关，以至于根本无法割裂开来看。到了新时代，乡村振兴的总体格局和制造业的产业升级，让他们又回到故乡，开创新的局面。

教育学上有一个颇为值得探讨的现象，就是普通学校的"鸡头"，到了名校大概率不会是"凤尾"，而名校的"凤尾"到了普通学校，则不太可能成为"鸡头"。其中的原因分析起来，也很简单，平台在鸡头与凤尾中起了很多的作用，好的平台可以让一个资质平庸的"凤尾"有更好的机会与资源，但很难拔尖。"鸡头"在比较差的平台出类拔萃，意味着天赋资质较强，当他换了好的平台，那么即便不会名列前茅，也依然不会成为最差的。小侯、小刘、夏总这样的人就是在他们原生环境中的鸡头，天性聪颖敏锐，情商也高，能够窥得先机，尽管起点不高,但是在有限的条件下已经超过了绝大部分同侪。

他们都是走南闯北的人,都给人真诚质朴的感觉。

身份与地位的区隔与隔膜,很多时候是通过景观化的符号建构出来的,根底里,所有人都差不多,大家都是在生活河流中奔忙的河畔之人。

八

龙门与岷山之物

不管世界嘈杂纷乱，跟着风走总有答案。风吹送来万物的种子，也吹送来十万大山的讯息。

——吉娜羌寨路边招牌

蜜蜂飞舞在九重葛与竹林旁边，北川街头拐角处常见的景象，总是岁月静好的模样。这些自然之物看上去不会改变，然而，周遭早已纷纭变幻。

到北川后没多久，我偶尔看到一则新闻，黑莓公司官宣手机系统永久下线。想起2009年我出国前夕，有个朋友就送了一台黑莓给我，当时还算时髦之物，我们都没有意识到2008年触控机型出来之后，它就已经输给苹果公司了。这家加拿大公司1999年开始致力于无线行动装置，2002年推出手机，20年时间对于个人而言似乎是漫长的时段，现实生活却也并没有感觉很久的样子；对于更漫长的历史来说，几乎称得上方生方死、转瞬而过。

我们生活在一个事物迅捷迭代的时代，许多事物很快产生然后迅速消失，尽管这种事情在历史中也并不鲜见，但毫无疑问晚近这40年的中国人是迄今为止见证消逝事物最多的。比如乡土田园的生活方式，熟人社会中亲密的人际关系，算盘记账，木槌榨油，鸬鹚捕鱼，

BP机，Walkman，Flash动画……这个清单可以列举得很长，它们当中有的本来就是日新月异的器物和技术层面的，有的则本身蕴藏着悠久的历史，它们被某种新鲜事物取代之后或许会转变成物质与无形文化遗产，更多的则留存在偶尔泛起的怀旧念想之中，随着记得它们的最后一个人的逝去而将迎来荡然无存的命运，仿佛从未出现过。

深秋之中的异乡想起这些，不由得念及刘禹锡至西塞山的怀古："人世几回伤往事，山形依旧枕寒流。今逢四海为家日，故垒萧萧芦荻秋。"我登上过的西塞山，在湖北黄石，山顶上可以望见长江随着水势洄流凸出的山体，形成了一个弧形弯道，跟当年刘禹锡看到的区别不大。但是，北川不一样，我没有见过它的过去，只看到并且生活在它的现在。它的现在日新月异，即便在疫情让很多事情停摆的时候，依然没有停歇。这既是时代的洪流，一个加速社会来临的表征，也是北川作为一个新兴县域的追求与探索的显现。

在日新月异中，变与不变显示出彼此博弈的辩证法。瞬息万变、跌宕起伏中，总有一些事物保持了恒久的姿态与品质，它们是生息繁衍所赖以存在的山河长天，更是生息繁衍本身内含着的生命意志。它们让我们在风云变幻中感受到一种安稳，就像那在街头巷角随处可见的娇艳的九重葛、青青翠竹和嗡嗡振翅的蜜蜂。

它们用一种变形了的方式来对抗熵增定律。

新县城也有这样的事物。与顶多只有20年历史和更多簇新的建筑相比，板凳桥是新北川为数不多浸润着沧桑况味的事物。这样花岗岩打造的穿斗式石梁石柱桥有两座，分别在"羌溪院子"对面及北川街心公园里面。石柱是完整的树立条石，桥横梁则两头雕着龙首与龙尾，桥是三块厚石板构成，搭在龙身上，没有桥栏杆。从结构来说，除了材质，整个桥体造型非常简单，烈日下尤显得古朴厚实。在这座年轻的城市中，它以粗粝的面貌默默地架在已经改道的溪流之上，身上吸收了一个多世纪的风雨和阳光，当初的刻痕在风雨中斑驳漫漶，即便在响晴的朗日之下，也依然自带肃穆恒久之气。我每次走过时，它都给我一种感觉，它还可以存在一千年或者几千年。

这个时候，我心头回响的是一个盘旋不去的念头：物比人长久。那些顽强存活下来的事物，见证了所有的历史鼎革纷纭和人事嘈杂变迁，不动声色，又为喧嚣与躁动提供稳固的支撑，成为时代文化发展与产业升级的见证。

  林中的鸟儿成双飞舞，
  岩上的野羊对面叫唤；
  九匹梁子羊角花开了，
  正是风和日丽艳阳天。

  春天兰花开放的时候，
  芳香扑鼻飘满山涧；
  吉祥雀唱出动听歌声，
  声声都能扣人心弦。

  野鸟惊飞叫，
  黄兔窜树旁。
  麋鹿山上跑，
  獐麂藏林间。
  大雁歇河滩，
  锦鸡树上把翅扇。

史诗与古歌中描述羌人生活的幸福之地，龙门山与岷山之间，充满了生机勃勃的各种动植物。那些跋山涉水，穿越草原峡谷，克服重重艰难险阻，来到此地定居的先民，考察了沿途的各种地形地貌，从高原牧场、碎石戈壁，到雪山草地、干旱河谷，终于抵达了物产丰富的地方，大地提供了充足的资源，万物满溢着丰沛的祥和，人们方能得以安居乐业。如今这儿举办过花海露营、古羌民俗文化体验等活动，以花为媒、以花会友、以花兴旅，成功解锁了"赏花+文旅""赏花+商业"等春季特色玩法，在"花经济"培育旅游消费新场景的同时，激活"美丽经济"新动能，带动了周边2000多户村民在赏花沿线，发展起了农家乐和地摊经济，为建设全省民族地区高质量发展先行县注入了新的活力。

当时的人们一定见到漫山遍野的丛林，红豆杉、珙桐、银杏、红杉、油樟、连香树、水青树……它们如今已经成了珍稀濒危植物，现在最多的是各类经济作物，厚朴、枇杷、红豆杉、蓝莓、芍药以及茶。

红豆杉是植物中的活化石，不过本地种群变得稀见，北川种植的大多是曼地亚红豆杉，是20世纪90年代从加拿大引种过来的。从红豆杉提取的紫杉醇，可以治疗转移性卵巢癌和乳腺癌,对肺癌、食道癌也有明显疗效,还可以抑制肾炎及细小病毒炎症。它的根、茎、叶均可以入药,对排尿不畅、糖尿病、月经不调和产后护理,都有一定的治疗作用。果实泡酒还具有防癌抗癌、消炎杀菌的功效。

有一次我带客人去白坭乡"朵朵树苗木种植家庭农场"考察红豆杉园。这种植物需要在栽植 5 到 8 年后才开始结果,老板已经做了几年,疫情的缘故销路不太顺畅,只得先采集一些紫色和黄色的果实晾晒在地上。见我们到来,他用红豆杉叶泡水款待。红豆杉茶微微有点苦,没有别的味道,可能醇类物质很难用开水短时间浸泡出来。抬眼望去,四野无人,唯见一簇簇矮杉连片满坡,五月天里着眼碧绿,声势极为壮观。

南方山川与草木同北方差别很大,树木一年四季都保持了郁郁苍苍的姿态。春夏之际行于山道几乎有密不透风之感,蔷薇与忍冬的藤萝有时候披拂到半空之中,招展在路边,令人心生世外桃源的感触。在开阔处可以遥望到远处似梦似幻的云雾样的野樱桃花,偶尔还能看到一株盛放硕大粉色花朵的辛夷树,鹤立鸡群在灌木与庄稼丛中。秋冬时分则是另外的景象,山体在北来的寒风中濡染上了古朴与遒劲，更添一丝浑厚之气。树木枝叶转为深靛苍翠，高大的茅草用自己的灰褐遮盖住青灰与深红的岩石。这些万古不变的景象，目睹数千年人事的生蕃养息，默默无语地奉献出自己值得信赖的可靠。

初冬时分，我与同事去药王谷商谈破产重组的事宜。天气阴冷，事情不太顺利，心情也变得沉重起来。下山的时候，看到雪结在树枝上，形成一种奶奶灰式的冰挂，天地之间仿佛只剩下洁净轻盈的景色。那种高洁清隽能让混乱的头脑冷静下来，生发出肃穆与清明。那天驱车回城的路上，雾去云散，闪亮的阳光从山间照过来，转弯的时候，一只羽毛橙红相间的漂亮锦鸡从枯草丛中掠起，长尾闪闪发光摇曳，如同山之精灵，给我和同事带来了一下午的愉悦。

红腹锦鸡是一种极其漂亮的雉鸟，许多民间画中的凤凰就是以它为原型踵事增华、随类敷彩而成。这种鸟背脖处毛色明黄，颈部橙红，腹部酒红，长尾银灰中点缀黑色斑点，颜色的对比让它炫美异常，又相当干净，自带华贵气派。后来，去九皇山参观，发现那里养了很多动物，半驯化的野猪是为了供游客捕捉的，孔雀、土拨鼠此类常见的自不必说，白鹇也是出类拔萃，红冠黑腹，白背墨顶，黑白红三色搭配非常雅静，但与红腹锦鸡相比则更像文人雅士，而后者则如同达官显贵。九皇山养了一大群红腹锦鸡，林间行走常常看到成对在徜徉嬉戏。人们去九皇山，就是去寻找那种大自然的慰藉吧。

人们喜欢自然之物，内在的隐秘欲望大约在于，从那些茂盛峥嵘的草木与翔泳戾天的鸟兽虫鱼身上，窥见了自己原初曾经拥有的与天地的和合。在时光的流逝中，不像见惯方生方死的人们，被焦灼感所驱驰，它们似乎与木姐珠时代也差不太多，并未有多少改变，总是从容淡定、波澜不惊。

与天地自生的动植物相比，人们创造的物品仿佛很容易被更新和替代。但也不是绝对的，那些渗透在物品背后的技艺、心血与智慧让物品具有了独特性。它们不是天然之物，而是地方性与族群性的，经过同其他地方与族群的文化交流与交往，有可能但不必然走向普遍性。那种具有人类共通的可识别价值的事物，我们称之为物质或非物质文化遗产。

某种事物成为了遗产，就意味着它也许是古旧的，却依然会被继承，且不妨碍拭旧如新。

羌族物质文化遗产或者说有形文化遗产不算太多，最具代表性的大约就是其碉楼建筑，与藏族碉楼及东南土碉楼相比，声名不大。非物质文化遗产倒是有很多且更具特色，像传统节日瓦尔俄足，传统美术羌族刺绣，民间文学"羌戈大战""禹的传说"，传统音乐羌笛演奏及其制作技艺、多声部民歌、口弦，传统舞蹈羊皮鼓舞等。

2006年，羌族列入第一批国家非物质文化遗产名录的就有瓦尔俄足节，"瓦尔俄足"羌语中即"五月初五"，这个节日用汉语来说就是歌仙节或领歌节。每年农历五月初三到初五，寨中长老或释比巫师带领着妇女们，携带馍馍、咂酒等祭祀用品，身着盛装，沿山路出发到祭祀塔。点燃木香与蜡烛，绕塔祷告，祈愿祝福。其间，释比诵经后，会为年满13岁的女孩举行成人礼，即将大红公鸡的冠血涂在她们额头上，并讲授道德规训和村规民约。祭塔仪式完成后，就开始进入到"过节"状态，妇女们围绕着塔载歌载舞，这个过程分为"引歌""接歌""传歌"三个部分，直至深夜兴尽而返。

我并没有到过瓦尔俄足节的现场，这种节日仪式在北川并不多，端午节的时候我正陪着县长下乡到通泉镇神木寨村调研，督导节假日的值班值守等工作，错过了。神木寨是一个打工返乡人员创办的餐饮住宿娱乐综合体，已渐成气候，这个地方的端午节活动倒也饶有趣味。刚进仿古的寨门，就看到四个中年汉子穿着羌族服饰抬着一个硕大无比的粽子。寨门路旁置了一口铁锅，里面煮着艾草、车前子之类中药，草木香气缭绕蒸腾，据说是驱邪的。路上还有十来个舞龙的人，齐刷刷有说有笑地列队过来，一切都显示出一种喜气洋洋的节日氛围。

此前我到过神木寨一次，那时候寨子对面的"布尔什维克咖啡馆"正破土动工，到端午节已经弄好了。这个景点和景点主打的各种娱乐庆典活动，有一种土洋杂陈的生动鲜活。

非遗传承多多少少都有这种新旧杂糅的特点，不惟在北川。民间文化本身就天然携带者因陋就简、因利乘便的世俗兴味。只是很多外来者，尤其是"文化人"很容易对陌生事物产生不切实际的浪漫想象，并报以敬而远之的崇敬。绝大多数所谓的"神圣性"事象，比如禁忌、信仰、图腾、膜拜之类，在书写与传播中会被自我与他者有意无意地附加上神秘与崇高的色彩，生活在其中的人倒未必那么过于在意，之所以要在外来者那里刻意强调，无外乎要凸显本地的文化独特性。北川民俗的禁忌意味尤为淡化，因为羌藏汉杂居多年，彼此交融，彼此包容。

禁忌性的淡化显示出世俗化的张大，人们的生活、情感与认知在世俗化转型中的微妙变化。像瓦尔俄足这样的节日，在北川就演化成带有宣传性质的展演，以服务于文化传承和旅游推广，从原本自发的民间小传统演变为一种被官方和商业主流传统征用的资源。只有心胸狭隘与抱残守缺之徒才不会意识到，正是这种转化才使得原本岌岌可危的过往民俗延续了生机。

瓦尔俄足的女性色彩浓郁，包含祭祀、祈福与娱乐元素，显示出女性在羌人社会结构中的地位迥异于儒家文化影响下的男尊女卑格局。这倒也并不是说，羌人社会就女尊男卑，而是各司其职，遵循着某种天赋差异的自然法则。茂县地区的羌人村寨中也有男性色彩强烈的基勒俄足节，其实就是狩猎节，据说是为了纪念会黑山法术的猎手洪木基。

古老相传中，黑山术是一种狩猎法术，猎人催动咒语，可以让山林白昼成夜，仅留下一条有光的道路，山中野兽昧于暗夜，择光亮处而行，就会落入到猎人的陷阱，或者死于枪弩之下。此法过于霸道，以至于有损阴骘，施法者往往会被反噬，故而不是万不得已很少有人使用，即便作法时也不会赶尽杀绝，给猎物留一线生机。

洪木基据说就是因为用了黑山术，杀孽太重而被天神取走了膝盖骨，搬入岩洞中忏悔修行。后来在返乡过程中被秽物所伤，殁于路途之中。这个节日风俗我只是在书中读到过记载，从未在北川听过见过，可能久已消失于生态保护的时代潮流中了——连野猪这种数量剧增、已成危害的动物，在北川也是不许私自捕杀的。回过头来看，基勒俄足倒是有种原始的生态平衡观念，对焚林而猎、涸泽而渔充满警惕，同瓦尔俄足一样遵从自然的法则。

仲春时节，县委书记带队去坝底乡岭岗村森林防火卡点，检查森林防灭火工作情况。此地同阿坝州的茂县山连山水连水，地势险要而视野开阔，溪涧流水潺潺，草木萋萋，景色相当宜人。岭岗村地势险峻高耸，原先是千佛山战役的红军指挥所所在地，还残留着民国年间的一个年久失修、洒扫干净的老庙。庙外面挂着"墩上乡许家湾十二花灯会汇演"的字样，里面供奉着类似大黑天那样的我也不认识的神。旁边矗立着一个简陋的干栏木屋，据说是当年红军的某个军部，现在里面排列着一排塑像，这是真正的民间信仰的样态，附着在这些没有成为非遗的建筑与塑像之上，反倒有种接地气的亲切感。

我印象深刻的非遗还有云云鞋，仿照云朵的样子刺绣，经过开发已经成了一个品牌。有一次我看到文广旅局的副局长穿了个白衬衫，不同之处是领口和袖口加上了云朵绣纹，这是羌族标志性的文化符号。平平无奇的衬衫加了这个点缀，就具有了民族特色，却也不失端庄大方。物品承载着的历史与文化以这种简约的方式，延伸到了当下生活之中，成为一种记忆的留存。

较之于备受瞩目，或者因缘际会被选擢为地方文化代表性意象符号的事物，深山密林与人迹罕至之处往往藏着令人惊喜的存在。它们经历万古长天，不为外物所动，葆有了原初的意态。

偶尔在小红书刷到有个叫顶云观的地方，时髦的男女自驾前往，只为等待看到次日的朝阳初升。从此留下心来，但一直都工作繁忙，琐事缠身，不得空，直到挂职快要期满，终于找了一个日子去。

从县城开车到顶云观可能也就半个小时，但是曲里拐弯又盘旋上升的山路，如果没有新媒体和导航技术，外界绝想不到也找不到这样藏在深山犄角旮旯里的地方。此前我问过县里跟文旅工作有关的干部，他们都没听过，可见是网友自己无意中发掘的。

顶云观位于永昌镇的北山村，罗镇长在上山路口领着我前行。车子七拐八拐，到顶云寺附近，村里的杨支书已经等在那里。我本想自己悄悄来去，没想到他们知道了，后来想，好在有他，否则让我自己走，还真不一定摸得到地方。

杨支书大约奔60岁了，有点胖，走在前面带路。上山的土石径相当古老，前几天下过雨，还比较滑，也没有经过修整，陡峭狭窄，且碎石嶙峋。一会儿杨支书就满头大汗，我也气喘吁吁。山并不很高，只是坡度太陡又转折很多，所以比较累人。半道一个稍微平坦的拐弯处，看到一个小庙，坐了一尊神像，他就那么风餐露宿、栉风沐雨地坐在敞开的屋棚里。

又爬了一会儿，浑身冒汗，才终于登顶。山顶没有金碧辉煌的建筑，只有一栋孤零零的小庙。一男一女两个农民工，可能就是山下的农民夫妻，在拌水泥糊墙。杨支书介绍说，村里集资了四十万，准备把庙修一下，装上护栏。这是因为他们考虑到游玩者的安全，怕发生落崖的危险。中秋节前后，来看日出的人非常多，车子都停到了山路口，还有人在山顶露宿。

我很惊讶能有人在这里露宿，因为山顶甚至称得上荒芜，除了一间供奉了几个不知名小神仙的房子，连卫生间都没有。这个山顶极高，夜间应该会比较冷，好在视野开阔，四周山峦和山间村镇一目了然。山下是永安工业园，和群山中间的河与路。延伸向东北的是去往通泉的路，向南可以看到北川县城，四野葱茏，让人心神舒展。此地山峰虽多，能有这么良好的观景位置的，属实少见。我能理解为什么会有游客不辞劳苦，自己巴巴地跑来这个完全没有名气的地方。

下得山来，去顶云寺，看守寺庙的董大爷已经守了20多年了。他说，实际上"顶云观"应该叫"顶油罐"，因为山顶有种植物（具体是什么，他的方言口音太重，我也没明白）能渗出可食用的油。他还带我去看寺旁边的几间小水泥房，其中一间放满了那种超市卖的大桶的食用油，说是信徒送的；还有一间是宿舍，有时候有些老头老太太信徒会在那住。我觉得顶云观这样的地方，方不负景点二字，仅仅是天然的条件，就足以驱动人们动身奔赴的动力。这样的地方就像隐于民间的珍宝。

另一处天然妙处是陈家坝镇的马家道沟，也是偶尔在调研中发现的。从高空俯瞰，可以看到马家道村类似于一个河中岛，汇入河的一条沟就是马家道沟。一个年轻的杨姓女副镇长和马家道村的马书记带着我从一条曲径往沟里走。两山之间夹着一道瀑布，流下来的溪水绕着村庄一周。瀑布背后据说有一块耕种了几百年的茶园，出入实在不便，自从多年前最后一户从山谷里面搬出来，就成了废弃的荒谷。但茶树依然每年自然生长，村民在清明前也会进去采摘，名唤"荒野茶"，倒也是一种特色。还有一些村民春夏之际在里面养野蜂，除此以外，人迹罕至，因为进出只有一条道路。这是一条沿着峭壁的未经修缮的山间小道，极其凶险，许多地方狭窄到仅可落脚，几乎直上直下，旁边没有任何防护，河谷中都是石头，摔下去估计就成了一摊鼻涕一样的存在。

一边要顾着崎岖不平的脚下,一边要拽着树枝和村民系的可以借力的皮绳子,很快就把我累得满头大汗。马书记一马当先,杨副镇长身轻如燕,这让我颇为惭愧,也激发起好胜心。所以,爬到瀑布的平台之后,我还想要沿着村民在悬崖上搭的木架子往里面深入一下。瀑布头上的山谷,清风吹来,袭来阵阵凉意,杨副镇长说不能在此逗留,否则会感冒。大约有点柳宗元记小石潭"凄神寒骨,悄怆幽邃。其境过清,不可久居"的意思。

据他们俩说,再往里走,就豁然开朗了,但是还有大约2公里,行进之处比刚刚经过的还要困难,事实上是一片荒芜,没有路。我想了想,决定放弃,望山跑死马,奇伟瑰丽的景观我已经看到了,时间来不及,见好就收。这个地方让我想起小时候看过的电视剧《魔域桃源》,是一个难以抵达而又充满奇趣的世外洞天。

上山容易下山难,下来的路上我和马书记都差点马失前蹄,给我惊得一身汗。气喘吁吁回到村里,在马书记家门口坐了一会儿,喝了一杯热水。他说到昨天夜里,有个黑熊跑出来,吃了农户20多箱蜂蜜。

丁镇长赶回来带着我继续去茶园。车子绕了村子一圈，可以看到一座小吊桥，我们则从河谷干涸之处的碎石砾平整的地方过河，到金鼓村的东西部协作茶园。有几株百年老茶树，树头都被截去，以便枝杈能够更多铺展开来，出乎意料地并不很高大，也没有我想象中虬曲百结的模样——云南布朗山和福建玉溪山里我都见过堪称蓬勃硕大的古茶树。农妇开着三轮车运农家肥来给茶树施肥，空气中弥散着猪粪的味道。除了苔子茶，陈家坝还种植枇杷、魔芋和车厘子，养殖肉牛，略微平坦的地方都被修葺整理成了田地，而那些陡峭险峻之处，则尽可能地栽上了药材与果木。

转了一圈，已经11点半，他们问还走吗，我说接着去芍药基地。但没想到黎山村的芍药基地要驱车半个多小时才能抵达，都是盘山公路，在那不停地绕。密林深处的坡地上，种的以赤芍为主，零零散散大约有1700亩。杨副镇长母亲地震遇难后，她爸带她到这个村重组了家庭，所以在这里还有一栋房子。她说到家庭的变故很自然，心理应该很健康，事实上她身体就很健康，比我健康多了。烈日下跑这么久，大气都不带喘的。

顶云观与马家道沟这样的天然之物孕育了董大爷、

杨副镇长这些人，他们不做作，无论身体和精神都很健康。无论时代如何加速，世事如何纷扰，他们都能因应时势改变，总有那些亘古存在的事物在背后给予他们笃定的精神和气定神闲的姿态。

说到底，其实还是人的因素。单纯的自然之物，如果没有人与之相照映，也无趣得很。我大学时候特别喜欢 Gary Remal Malkin 的 The Journey，出自他的专辑《大烟山》，印象派新世纪音乐风格，风笛颇有凯尔特意味，从此留下念想。后来在美国时候，我专门到田纳西，纵穿阿巴拉契亚山脉，到大烟山国家公园。结果却相见不如怀念，美国、加拿大这样历史不长的国家，殖民者将原住民和他们的文化消灭殆尽，留下一点遗迹圈在某个特殊的区域，大烟山自然景色难有文化的附着物，又没有当地人的气质本色与之呼应，就不会让异乡人有什么在骋目之外的感怀。

九

羌食志

水土物候酝酿的风味
就像永不改变的乡音
来自这一方土地的滋味
无限牵萦在天涯的心

——吉娜羌寨"喝泉水的豆腐"招牌语

清幽幽的咂酒哎

伊呀唻索勒嗦哎咿

请喝请喝咂酒哎

再也喝不完的咂酒耶

请到请到北川来哎

再也喝不完的咂酒耶

……

到北川的朋友，只要参加有羌族人的酒席或聚会，一定会有人唱起这首羌族的祝酒歌。它的歌词简单，曲调朗朗上口，很容易学会。几乎每个民族都有这样的祝酒歌，但是风格颇为不同，比如彝族唱的是：

阿老表端酒喝

阿表妹端酒喝

阿老表喜欢不喜欢也要喝

阿表妹喜欢不喜欢也要喝

喜欢你也要喝

不喜欢也要喝

管你喜欢不喜欢,都要喝

不仅词句霸道,曲调也急促铿锵,有一种不由分说的豪气,而蒙古族流传最广的是:

金杯里斟满了醇香的美酒

赛噜日外冬赛

朋友们啊欢聚一堂

共同干一杯嘿

赛噜日外冬赛

远方的朋友

一路辛苦

赛噜日外冬赛

朋友们啊欢聚一堂

共同干一杯嘿

这首歌被很多歌手演绎过,听过的人应该最多,它有种蒙古长调的悠扬,带着草原的大气。

相比之下，羌族的敬酒歌要委婉素朴得多，几乎没有额外的话语，就是请来做客请喝酒，酒很多放心喝，也并没有显示出多少地方与民族的特色。唯独唱完最后，众人齐声喊"嘻嘶咕"（羌语中干杯的意思），方有羌人集体欢腾的特点。这跟羌族的性格有关，我们现在所遇到的羌族温和善良，日常生活中很少有人刻意强调某种标识性的民族文化符号。因为同藏族杂居一起，羌语会说的人不多，大都说川西方言，很多时候的语言腔调和表达方式彼此之间难以区分。

唯一可以区分的是那碗"清幽幽的咂酒"。咂酒在西南少数民族当中颇为常见，苗族、土家族都有，酿酒的原料根据各地风物差异，采用糯米、小麦、高粱、小米、稗子的各有不同，制作方法也颇为简单，即将原料蒸熟后以蓼草籽之类土制酒曲发酵。之所以叫咂酒，因为饮用时，用竹管、芦秆、麦秆或藤枝插入罐坛瓮之类盛酒器皿中"吸"，而不是"喝"，随吸随注水，直到最后寡淡无味。四川咂酒是羌、彝、藏部分地区民众用青稞、大麦、玉米作原料制成，味道酸甜，类似中原江南一带的醪糟米酒。

咂酒的形式最初是受制于器物的贫乏，后来则具有了分享与共享的意味。我在北川一年，唱过很多次"清幽幽的咂酒"，却从未喝过咂酒，取而代之的更多是本地土产的马槽酒。

顾名思义，马槽酒产自于涪江支流青片河畔的马槽乡，是一种玉米蒸馏酒，没有夹杂高粱或者其他杂粮，大约从清朝同治年间就已发源。红军长征经过此地时，马槽酒起到了大作用。1935年4月中旬，红四方面军进入北川，5月初，千佛山战役打响，总医院迁至马槽乡的邱家大院，就是现在位于马槽乡场镇红星街的红三十一军总医院旧址。邱家为木制瓦屋，依山而建，到现在依然可用，成了纪念参观的处所。当时，红军征用邱家大院，为战役提供后勤医疗保障，缺乏医药品的情况下，马槽酒在消毒、麻醉等方面成了替代品，酒糟则用来喂战马。

作为一种地方土酒，马槽酒产量有限，也不像有些名酒那样一方面固然自身品质好，同时会利用历史资源讲故事。马槽酒之名就一直局限于地方。它名气的扩大还是在2008年震后救灾重建过程中，当时援建北川的山东工友喜欢这种味道刚烈而真材实料的酒，很多人返乡时成箱地带，回去后还通过邮寄购买。

我第一次喝马槽酒是春节前去检查安全台账。深山峡谷中天气非常寒冷，马槽乡因为非常小，乡政府食堂没有人，场镇一眼望到头，没有饭铺，中午好不容易在半山腰明头村找到一个吃饭的地方，叫做"知青院子"。这原来是一个成都知青回来开的农家乐，后来那位知青因为年纪大了，没精力经营，由本乡的妇女主任接手了，但其实到冬天也没有什么客人。妇女主任做的菜很具风土味，大家喝点马槽酒御寒，可能因为又冷又饿，所以感觉特别好。

村酿土醪，藏在山中人少识，品质倒颇不恶，正配乡野土菜。最主要是玉米酿造，没有勾兑，玉米都是有机的，让人放心。几杯酒下肚，肝肠也热了，心情也舒畅，不自觉地哐酒曲子也就出来了。一切乡音皆心音，祝酒歌的质朴之处也是酒与人的质朴之处。

"莫笑农家腊酒浑，丰年留客足鸡豚。"

春节后某个无事之日，我去马槽乡更北面的青片乡调研。道路滑坡严重，很多地方山泉冲过路面，气温随着深入山间而愈发降低，可以看到山头的积雪。去看夏季洪水损毁的沟谷中正在重建的"情人节"景点，大水漫过路面，推土机将巨石挪开，严冬里反而有种热火朝天、轰轰烈烈的感觉。山上的村寨则显得宁静，村民在无事的冬日袖着手围坐一起，是一年中难得的闲暇时光。村长贺牦牛是一个大户，到他家吃午饭，厨子是本地的羌族饮食非遗传承人，野炊土菜也整得有滋有味。

人们到一个地方旅游，美食是非常重要的一种体验，新奇的事物与独特的味觉感受往往会成为日后津津乐道的一个由头与不断回返的一个念想。北川土味首推烟熏腊肉，农户几乎家家辟有一间冬季烤火的屋子，梁上挂着自家蓄养、宰杀，经过分割腌制的猪肉，屋中间地上火塘燃着的松枝柏叶烟气上升，同油脂结合，给猪肉裹上厚厚的黑色外壳。农家随吃随割，此种腊肉双重防腐，可以放置经年。有人告诉我说，熏了3年的腊肉，就可以直接切片吃了，同云南的宣威火腿有异曲同工之妙。

我老家那里也腌制腊肉，但多是风干，没有烟熏。烟熏的在湖北湖南倒是挺多，四川的饮食文化估计多少有"湖广填四川"的影响。坚硬黝黑的腊肉经水浸泡，刮去表面的烟灰，再用水炖煮，切片后晶莹透亮，直接吃就相当咸香可口，也可以辅之以蒜薹或者蕨苗炒制，是下饭神器。其他的传统饮食是搅团，用玉米粉在沸水中搅制而成，浇上酸菜汤即可。主食是白米中掺入玉米碎糁同煮，米饭因此黄白相间，谓之"金裹银"或"银裹金"。

那日我们就着腊肉，在热气腾腾的氛围中，饮一种兑了蜂蜜的包谷酒。那酒入口香甜，很快众人便酒酣耳热，一洗瑟缩的寒意。只是我被蜂蜜的香甜欺骗了，低估了这种高度酒的后劲，中间跨过院子去洗手间，被风一吹，进门就一头栽倒。虽然可能也就是几秒钟的事情，却让我差点摔断鼻梁骨。他们告诉我说，此种蜂蜜酒有一个诨名，叫做"见风倒"。

上一次喝多酒，还是在山西同事家中喝的竹叶青，也是口感香甜，很具迷惑性，不知不觉中就容易过量。泡制的酒五花八门，除了枸杞、人参、天麻、蛇蝎之类，各种果子似乎也都是常见的泡制物。北川尤为独特，某次到乡下伙食团吃饭，当地老哥不知道从哪里摸出来几瓶拐枣泡的白酒。拐枣学名叫枳椇，据说就是《诗经·小雅·南山有台》中"南山有枸，北山有楰"的"枸"，可见极早就被先人们采拾。在我小学毕业后就没见过拐枣，至少30年没有吃过，老哥又说拐枣酒祛风除湿，所以原本吸取蜂蜜酒的教训，不打算再喝的，还是尝了一下，甜腻异常，估计也是容易醉人的。

北川的蜂蜜是土蜂百花蜜，多是农民用自制的简易蜂箱养殖酿制，马槽、陈家坝、坝底等各个乡都有。春季四五月间，满山知名与不知名的野花烂漫，白天的气温已经很高，群蜂风中飞舞，采撷的都是无污染的纯净花粉。

去黑水村羌寨调研传统村落保护工作的时候，我偶尔在一家人的厨房锅台上，看到刚刚掰下来的蜂房。童心大起，抠了一块放在嘴里嚼，真正最新鲜的原生态滋味。下山后，我很后悔自己当时没有买，到后来回城里，再也不可能遇到刚刚酿好、那么新鲜的蜜了。

蜂蜜是蜜蜂、风与花的彼此邂逅与寻找的产物，主打的是"不管世界嘈杂纷乱，跟着风走总有答案。风吹送来万物的种子，也吹送来十万大山的讯息"。吉娜羌寨有一个店面叫"刘大爷的蜂箱"，推介词特别有诗情画意："哪里的贝母花开了，何处的羌活叶儿发了，哪座山头的杜鹃花正在怒放，风儿就是大山和蜜蜂交换的密码，每只蜜蜂追着风儿每天飞行160公里，把山里的珍奇酝酿成甜蜜，也包藏了羌寨大地的殷殷祝福，有口福的客人呐，请珍惜。"我就没有珍惜啊。

农产品里面，除了马槽酒和腊肉，北川在打造的品牌中还有苔子茶、花魔芋和白山羊。6月底我带着农业农村局的人到成都，参加四川第三届"川字号"金字招牌农产品网络推广直播暨绿色食品宣传月活动。推介活动上，我上台临时想起几句词，把北川的农产品串起来，归结为"四大产业，五朵金花"。"四大产业"就是北川苔子茶、高山果蔬、中羌药材、特色养殖；"五朵金花"则是五种特色产品：大禹门前树，千年苔子茶；长得慢一点，肉质好一点的白山羊；肥瘦将将好，年味腊猪肉；神奇美味、魔力Q弹的花魔芋；五颜六色的蓝莓、黄枇杷、红樱桃、紫李子、五彩小番茄。

蓝莓和五彩番茄并不是原产北川，前者是东西部合作，由浙江衢州帮扶资金引入建造的种植园，后者则是山东企业开发的新品种。即便是传统的农业种植，也有很大的升级。在脱贫攻坚、乡村振兴的背景下，新北川确乎不同于老北川了。

四川是全国养猪出栏量最高的省份，北川当然也有养猪场，但规模没有三台县大，养白山羊倒是最有竞争力的。白山羊是北川特有的品种，直观看上去比黑山羊要肥大，性格也很温顺。牧羊是羌人源自远古时代的族群传统，即便后来从游牧转为农牧结合、农耕为主，羊始终是羌文化的标识之一，无论从物质层面，还是从精神层面。

我老家皖西的山羊，大多屠宰后风干，再经炖煮后烩制食用，因为膻味太重，不比绵羊，新鲜吃就得加猛料。白山羊倒是鲜嫩少膻味，烤、炖、红焖的各种做法都适宜。我去白什乡的金富农场调研过，那是村民李国彩家的白山羊饲养场，海拔大约在一千三四百米左右。羊圈是竹木构建的，悬空修在山坡上，底下用钢筋搭支架做支撑，类似吊脚楼。羊粪从羊圈底部的木板间隙漏到山坡上，因而圈里面非常干净。尽管羊和羊粪球的膻臊味道依然很大，比养猪场的臭气熏天还是强多了。这个养殖圈舍大约2000平方米，李国彩养了接近1000只羊，她介绍说，一般一只母羊两年内会生三次，大概会产下4到6只小羊羔。这些羊吃的饲料是她从山民乡亲那里收购的干厚朴树叶子以及油菜秸秆。真正吃的是中草药，喝的是山泉水，所以白山羊的抗疾病能力很强。

看完农场,刘乡长又带我去看新修建的示范性养殖圈舍,配合民宿建设。到了星河村,杨姓和刘姓两位村书记出来陪同,还有一个小伙子也跟过来,是一个朴实的乡村干部。这三人长得都高高大大——本地乡民大多器宇轩昂,面目可亲,可能水土养人。县长和人大主任都是从这里走出去的,这么点大的乡,连一家民宿都没有,能给外人展示的就白山羊农场,倒是出人才。

2022年夏天,白什乡遭遇从平武下来的山洪,星河村与白水村受灾最严重。灾后白什镇的城镇一楼以下建筑全部被泥石流掩埋,星河村正在修建的冷藏保鲜库也遭到了损毁。灾后乡民们迅速重整旗鼓,这是我一再为北川人的顽强所折服的地方——无论世界如何天翻地覆,他们不会过多驻首,生活总会向前。

白什乡的水是青片河由东南淌下,经过马槽乡、坝底乡在墩上社区汇入湔江,另一条大致平行的河流白草河则从片口乡流经小坝镇、开坪乡,在禹里镇汇入湔江。湔江则西北流向,经北川、江油注入涪江,是横贯北川的主干河流,发源于岷山山脉,因"水势如湔沸之状"而得名。这些河流多险滩浊流,很多溪涧沟渠水势落差大，季节性较强，并不适合渔业，所以我从未得知有渔民。但是，有水就有鱼，生命的力量无论在何种环境中都会焕发出其韧性的力量。

北川的餐桌上并不缺少鱼类，水产有山鳅、马口鱼、麦穗鱼、大口鲇、鲇鱼，虽然都是普通种类或杂鱼，却也显示出生态的综合平衡。猿王洞和寻龙山的溶洞里，据说还有大鲵。我听很多北川朋友讲，最好的本地野生鱼叫"石耙子"，对生存环境要求极高，既要清洁又要清静，也长不大，所以在市场上价格昂贵。它的物以稀为贵，倒是证明了北川生态环境和水质的优良。

本地人似乎并不擅长河鲜，一般鱼的做法，大多数是红汤。像江南一带称作鳜鱼的，本地叫做"母猪壳"，也会被视为美味，但并不会炖汤，而是红烧，却也不是那种油煎后浓油赤酱的红烧，而是红汤烹煮。泥鳅等杂鱼，也少有钻豆腐之类，更多是直接涮火锅，这大约是当下川菜的特色。

川湘赣云贵一代普遍嗜辣，很大程度上与地理环境有关，高山湿冷地带需要辛辣刺激，去抵御气候的寒凉。辣椒某种程度上还会杀死一部分细菌，有利于食品的保存。我想，如果从心理意义上延伸，可能辛辣所带来的口腔肠胃灼烧感，也会消除生活本身的困苦吧。久而久之，形成习惯，夏日炎炎里的火辣刺激还会被视作酣畅淋漓。

清末民初的邢锦生《锦城竹枝词》中有言："生小女儿偏嗜辣，红油满碗不嫌多。"但其实，川菜嗜辣的历史并没有那么久远，至少在明代后期辣椒从美洲传入中国之前，川菜的香辛辅料是艾子（食茱萸）、生姜和花椒，是麻味，而不是辣——一种痛感。杜甫、苏东坡这些写过许多四川美食的人其实都没有吃过辣椒。四川人叫辣椒"海椒"，可见它最初是从海上来的。

辣椒传入四川，确实极大丰富了川人的味蕾体验，革新了川菜的香辛料格局，在川菜菜系成熟到定型的过程中起到了至关重要的作用。从此以后，诞生了川菜最重要的调味品豆瓣酱，催生了水煮肉片、麻婆豆腐这样的代表性菜品，衍生出红油、麻辣等多种川菜味型。辣是一种极为霸道的味觉体验，辣成为主导之后，在大众层面挤压了清淡口味的空间。空间小环境所形成的味觉体系，被时间和便捷交通突破，并将地域对食物的影响减到最小。如今从国外的华人街到国内大中小城市，川菜几乎横扫全球。

川菜中又以火锅最负盛名，就像那个著名的段子所说，对于四川人来说，没有什么是一顿火锅解决不了的；如果不行，那就两顿。火锅这种食法的起源，有民俗学家言之凿凿地考察历史后结论是因为当年穷人无法大鱼大肉，又没有时间和精力进行精致的烹饪，所以多用下水一锅涮之。这种实证主义式的解释毫无趣味，在我看来，火锅更像是一群人围猎之后的共享，在这个过程中他们感受到了热火朝天和分享成果的快乐，哪怕只是下水和杂碎，也不会丢弃。

如今人们提起川菜似乎最大的特点就是辣和火锅，但原来的川菜要丰富得多。成都的郫都区有一个川菜博物馆，我曾经在那里看到20世纪20年代上海川菜馆的一份菜单，按时季分为炒菜、烧菜、其他三类。"常时炒菜"是炒肉片、椒盐虾糕、辣子鸡片、咖喱虾仁、炒橄榄菜、炸八块、虾子玉米片，"烧菜"是米粉牛肉、米粉鸡、白炙脍鱼、酸辣汤、奶油广肚、红烧大杂烩，"其他类"包括云腿吐司、酸辣面、鸡丝卷。春季增加虾子春笋、凤尾虾、清炖鲥鱼、叉烧黄鱼、火腿炖春笋、蛋皮春卷。夏季应时换为大地鱼烧黄瓜、白汁冬瓜方、清炖蹄筋、鸡蒙豇豆和冰冻莲子。秋季有奶油白菜心、红烧安仁、蟹粉蹄筋。冬季更有炒羊肉片、松子山鸡丁、炒山鸡片、雪菜冬笋、炒野鸡片、四川腊肉、锅烧羊肉、烧塔菇菜、火腿炖冬笋、菊花锅。这个菜单当然会有因上海都市口味所作的调整，但也可以见出川菜早先的多样化，与今日一想起来就是火锅、水煮鱼、口水鸡、夫妻肺片、跷脚牛肉、回锅肉等相去甚远。

论起美食，当然是食不厌精脍不厌细，然而口味的单一化确实是一种总体趋势，仿佛唯有如此才能凸显出其特色所在。川菜内部也有三大派系，川西为蓉派上河帮、川东为渝派下河帮的江湖菜，还有自成一体的小河帮，以川内自贡为中心的盐帮菜。北川地处绵阳，属于川西北地区，但离成都也就是两个多小时车程，加上现在人员流动性强，本地饭馆演变得同成都的川菜馆也相差无几了。我感觉，除了几种本地特有的土菜，跟北京的川菜馆也没有太大差别。

独自生活的一年里，工作之余懒得做饭，除了必要的接待，我基本上都是在外面饭店找东西吃。做饭是一个四川男人的基本素质，我去的小饭馆或者家庭排档，基本上都是男人主厨，拿手的往往是红烧肥肠、肝腰合炒之类"内脏系"家常菜，口味很重，不过很下饭。我是荤素不忌，才不管它是不是胆固醇高之类。

家宴上内脏往往出现得并不多，除了惯常的腊肉、香肠之外，往往辅有羊蹄羊杂汤、羊排烧萝卜、蒜苗菌子之类，主食有洋芋、小麦、青稞，辅以荞麦、油麦和各种豆类。这是我到北川交的几个朋友家里吃饭得出的结论。

早餐以米粉居多，我虽然没有做过具体统计，但目力所及，北川街头早餐店米粉一定是占了大多数。北川米粉从大的分类来说是绵阳游仙区开元场发端而来，与常见的云南米线有很大差别，特别细，不加任何添加剂的细米粉很容易断掉，但入口即化，素的以豌豆、海带、干笋搭配，荤的则是红油碎牛肉或者肥肠与排骨，汤头为走地鸡熬制，滋味浓郁。县委食堂有米粉提供，但有时候我也会去新县城北川中学对面的"开元米粉"，就是一个大排档，地道的苍蝇馆子，一碗下去，额头汗津津出，内外通畅。

这儿摆上桌的菜单里，必有的代表性特色则是北川老腊肉、羊肚菌汤、白山羊肉，主食搅团或米粉，还是颇具地方风味的。

在能上正式宴席的土菜里，我个人最喜欢的是鹿耳韭炖腊蹄髈。鹿耳韭是野菜，学名为玉簪叶韭，它的叶子长得像玉簪花的叶子，食用的就是那个宽长的绿叶。鹿耳韭另有"天韭"的称号，因为它对环境很挑剔，基本上只生长在没有任何污染的原始山区，多见于海拔2000米左右的阴凉潮湿山谷，平原地带没有这种植物。它的味道清香馥郁，清炒爽口，同腊肉炖煮后则能中和油腻，汤汁带有淡淡的甜味。我有一次带朋友到九皇山游玩，晚饭就有鹿耳韭炖腊蹄髈，朋友连喝了三碗，这种美味在其他地方难得一见，必须要大快朵颐，兴尽而返。

野菜才是北川饮食中的王者。在北川一年，可能是我一生中吃过的食材中最丰富而健康的，少时在农村尽管食材也都很健康，但毕竟种类没有那么多。北川却有着无数的野味。春天是最佳的时节，像辛夷花、刺龙苞与阳荷就是我此前从未见过的。辛夷是木兰的一种，它的花可以润肺、治鼻炎，油炸了也可以食用，虽然我并没有吃出来特别的味道，就像普通的天妇罗。刺龙苞则是楤木的头，木干本身长满了刺，只有在春天发芽的时候，它刚长出来的嫩头摘下来才是可以吃的。它的绝配是炒腊肉。阳荷的紫色花苞也可以炒腊肉，它的好处是春天可以吃嫩芽，夏秋食花苞，根茎还可以做成泡菜，等于是一年四季都可用。更主要的是这种东西膳食纤维丰富，可以刺激肠道蠕动，帮助消化，还能活血调经、镇咳祛痰，日本人称之为"亚洲人参"。据说它的香气还可以驱虫避蚊，家里做个盆栽就没有蚊子，这个功效我没有试过。

我倒是吃过无数的蕨菜、鸭脚板、荠菜、红薯叶、油竹笋、鱼腥草、马齿苋、豌豆尖、包包菜。因为除了火锅，北川人还喜欢吃一种汤锅，就是人手一口小锅，清水放点红枣、干菌，水沸之后就可以放入鱼片、牛羊肉涮煮，而这些野菜则是必备的。我会觉得它们比牛羊肉鱼还爽口，味道除了鸭脚板有清甜，其他的都谈不上多有滋味，但架不住新鲜。那吃的不仅仅食物，更多的是春天的气息。

鹿耳韭和鸭脚板这样的野菜受空间限制，它们的口味会跟地方情感之间发生一种难以言明的关联。从普泛的意义上来说，野菜显示了人们同田野之间的亲近，寄托了一种注定消逝的怅然，和对于人与自然物产、气候和节气的亲密关系的念想。

北川的口味并没有一般印象中川人那么重。如果查点评网，会发现北川排名第一的是"一口汤"，就是完全没有辣子的涮汤锅。它分为鸡和鱼两种，在火锅中配以香菇、甘草、青葱、姜片之类材料煮沸，肉熟了吃完喝汤，还可以涮各类蔬菜与豆制品。

冷水虹鳟鱼是涮汤锅最好的材料，片口乡有一个"熊猫鱼村"，就是高山冷水鱼生产基地。片口接近高原，适合冷水养殖，渔场规模甚大，育苗的圆坑大约有近100口，每口里我毛估计有4万头鱼苗，主要是鲟鱼和三文鱼。三文鱼是买来鱼卵孵化的，7万鱼苗大约能孵出一半，最后成鱼能有2万尾。后来有一次去广东东莞，遇到作家丁燕，无意中聊起此事，才发现那个渔场原来就是她的老公与伯伯建的。空间的压缩与口味的流布，于此也可见一斑。

离开北川日久，如果说，对于那里的食馔有什么遗憾的，就是我听好几个人跟我说过的"蒋氏牛肉"，就在安昌镇纳溪村的一个桥头路边。北川几乎人人都是生活家，别的方面姑且不论，说到吃喝好去处，推荐的一定错不了。我一直心心念念,但是直到临离开,也一直抽不出时间去尝一尝。希望下次有机会回北川的时候去吧,希望它还在。

十

走北川

我们约好在北川相会
唱不完的歌 跳不完的舞
蓝蓝的天啊 白白的云
我们在北川把梦追寻
山连着山来水连着水
心连着心来手牵着手
相亲相爱幸福相随

——歌曲《又见北川美》

初到北川的时候，我安顿下来做的第一件事，就是徒步在县城的每条道路上走了一遍。那是一个阴雨蒙蒙的日子，我没有打伞，踩着水，感受着清新的空气和时有时无的雨丝，将自己融入到其中。

临走前的夜间，我又沿着安昌河，穿越巴拿恰广场，把县城的道路走了一遍。华灯闪耀，寂静无人的大街空旷而宜人，小城进入到梦乡，安详而惬意。完整地漫行于大街小巷、河边山脚，心思浩渺而苍茫，会让人产生一种主人的感觉，体验到自己与这块土地之间融为一体，难分难舍的亲密。

这样的时间毕竟是很少的，大多数时候，我只是在上下班的时候，在办公楼后面的山坡上驻足一会儿，看一看朝日初升的清晨，万物复苏，夕阳西下的傍晚，暮霭渐起。这样的时间也是很少的，西南山中，晴少云多，更常见的是阴晴不定，淫雨潇潇。它们占据了一年中太多的时月，带来沉郁和凉薄的心境。"蜀犬吠日"这个成语在这里会得到更深刻的理解，因为长久的乌云遮日，一出太阳，狗都兴奋，汪汪叫，也是有生活基础的，倒不是那个后来的引申义。

上小学的时候在音乐课上学过一首川渝民歌，叫作《太阳出来喜洋洋》：

> 太阳出来啰儿，喜洋洋欧啷啰
> 挑起扁担啷啷扯，匡扯，上山岗欧啷啰
> ……
> 悬岩陡坎啰儿，不稀罕欧啷啰
> 唱起歌儿啷啷扯，匡扯，忙砍材欧啷啰

歌中有很多方言的语气助词，在路上与小伙伴奔跑的时候唱起，确实有种愉悦自得的快乐。那时少年的意气生动，直到在北川生活许久，才明白那是真正久在阴霾之中，陡然拨云见日、霞光满天所带来的振奋。阳光打在脸上、身上，整个人都耸然一震，几乎像竹笋拔节一样，抖落了满身的晦暗潮湿之气。

每当这样难得的时候，我站在后山山顶，眺望远山，目光越过城里的社区，越过安昌河边的树木，只见色彩浓淡不一的山脉，山脊起伏，随着距离拉远，从靛黛，到淡蓝，到如雾一般的青灰，而形成了如同水墨写意的画幅。晨曦从山坳间浮跃而出，金光瞬间让天地颜色突变，靛黛转为苍青，淡蓝变成蓝绿，而青灰则染上了细细缕缕的暖黄。那是最为诗性的时刻，日常琐务杂事，都被阳光下的远山洗净了。仰望天空高远，眺望江山平远，密林窅壑之处则是深远，郭熙在《林泉高致》中说到的"三远"，都体会了一个遍。

我也见过残阳如血，橙光在乌云背后折射半天明艳的情形，却没有见过城市的黄昏。黄昏消失了，黄昏同黎明一样，是白天与黑夜之间模糊而暧昧的分界线，处于明与暗、动与静之间，连缀起了两者，让它们成为难以明确切割的一体。黄昏代表了一种自然生成的时间感受。但是，城市的街灯与霓虹让这一切趋于消失了，它们告知没有过渡，夜晚业已降临。我再也没有像童年在田野中行走，陡然间天色一沉，黄昏来临的感觉。在城里，当天色暗沉下来的时候，灯光也就随之亮起了，它们照亮了黄昏，战胜了黄昏，让黄昏隐退了，就像机械工程、物理和化学让神灵和巫师隐退了一样。

黄昏的消失，内底里是城乡之别。张柠将其称为"土地的黄昏"："将'明'与'暗'、'动'与'静'截然分开和对立的，不是自然，而是人工；不是土地与农民，而是城镇和市民；不是感性，而是智性。城镇彻夜不灭的灯光，在昏暗的大地上划出了一道道虚无的边界。在那个由灯光和钟表的嘀嗒声划定的边界之内，我们看到一个颠倒了的世界在静穆的世界之中狂欢不已。这个喧闹不已的世界原本是不存在的，它是土地和农民文化中的另一极，也是被'生产价值'所抑制的一极，它只存在于农民想象的'魑魅魍魉世界'之中。现在，它'真实'地出现在土地上和农民的面前，充满了诱惑，犹如向他们频频招手的'欲望'，仿佛要将他们从土地中连根拔起。毫无疑问，这个人为世界的边界正在不断扩大，以至于土地和农民的边界越来越小，'生产'的边界越来越小。城市以一种人为的方式消除了黄昏的景观，改写了黄昏的经验，它没有黄昏。在一个被城市经验和城市价值支配的世界和时代，真正的'黄昏经验'，或者说与之相关的土地经验、乡村经验、农民经验正在迅速消失。"

生产经验让位于愈加明显的消费经验，自然时间被平均化和规范化，这一点甚至作用于原本作为时间节律和生息调节的节日之上。那些传统经验里诞生的节日，与自然的生产生息相同，呼应着天地山川、花鸟虫鱼的生命韵律，是劳作的间歇与丰收的庆典，是短暂的休憩与生活的调适，是狂欢的释放与娱乐的犒赏。它们如今也脱离了同它们诞生背景的紧密联系，被改造为表演性质的景观与形象，不再依附于自然生产与生活，而是从属于文化政治与工商业活动。

北川农历十月初一的羌年、六月六的大禹诞辰，都因应了这样的转化。大禹诞辰在盛夏，羌年则是深秋近冬，有庆祝丰收的本义，继承的是夏朝的规矩，以十月初一为岁首——如今将正月初一作为岁首是汉武帝时创立"太初历"的结果，后来在汉文化中沿用至今。

2022年10月25日是农历羌年，我招呼一起挂职的同事到山寨中体验了一下这个羌族最为重要的节日庆典。上午9点多赶到寨子，山门口已经聚满了身着盛装的村民。少女戴彩帕、着红装，黑底红花裙上系着宝蓝色粉花腰带；成年妇女则是黄色粉花点缀的淡蓝裙子，外罩黑色红花白羊毛的小坎肩，偶尔有黑裙藕荷色花纹更为稳重的长裙和紫色头帕。女性的服装颜色鲜艳而对比强烈，相比之下，成年男性的服饰虽然也有蓝色长袍，但更多为米白色的裤褂，裹着黑头巾。独有释比穿着红白黑相间的法衣，头戴插着三支长长的雉尾的兽皮帽，手摇法杖和阴阳八卦鼓，领着一队头戴山羊角帽、敲着羊皮鼓的汉子绕着火堆和白塔行祭祀仪式，神气十足。

祭祀完天神，众人抬着水果和面食，跟着释比的队伍到"神树林"还愿，这个是羌年最重要的仪式还愿敬神，外来者往往会被其独特的仪轨所震慑。整个过程锣鼓喧天，鞭炮齐鸣，唢呐和铙钹共响，充斥于天地之间，填满了空旷的原野，驱散了寂寥与寒冷，形成了一个兴高采烈的氛围与场域，一扫深秋初冬的肃杀萧条，呈现为主客同欢、喜气沸腾的热闹场面。还完愿、敬完神，那就到了普通民众自己的快活时分，大家一起吃筵席，跳萨朗舞。

原先羌年活动只是羌族内部的节日，现在随着旅游业的发展，游客也参与进来。村委会门口露天支起了两口大锅，煮着萝卜羊肉，还有烤制的羊肉，来的人不分彼此，见者有份。我穿得少，盛了一碗羊肉汤，滋溜滋溜喝下去，身上暖和许多，旁边一位羌族老爹看我胃口好，又给我添了一勺。他说，我们羌族人喜欢分享。

这句话让我印象深刻，是啊，他们敞开心胸，迎接来客，众人共同分享收获和喜悦，在分享中会得到更大的愉悦。

羌年就像是一个凝聚点，将不同地方、背景和经历的人们，以庆典仪式的方式聚合在一起，一方面让平日里分散在不同地域以不同方式谋生的人们团聚到一起，辞旧迎新，另一方面也展示了地方与民族文化，向外来者传递了情感的温度。因而，虽然只是一个小族群的传统节日，其当代演化与发展却具有普遍性。

作为一个承载文化传统的综合体系，传统节日既包含着饮食、仪式、娱乐等多种活动，也蕴含着年深日久的文化积淀、情感生成和价值观念，同时还是凝聚社会群体、彰显伦理道德、提高民族自信心的重要途径，能够起到协调个人、家庭、社会、国家之间的关系，乃至促进经济社会发展的作用。

越是综合地看、历史地看，越是能认识到，传统节日不仅仅是"传统"，同时也是一种活生生的生产力。这种生产力既有身体上休养生息的意义——通过祭祀、娱乐等活动来缓解疲乏，积蓄未来生产生活的心理能量和体力，满足人们定期进行身心调整、休息、再生产的需要，也是一种经济活动商机——"节日经济"就是一例，更重要的，它也是一种文化理念和精神寄托的"再生产"，潜移默化地推动着人们的文化自觉，唤醒沉睡的集体记忆和民族精神的认同。

节日如同语言文字，是人类具有指示和沟通作用的一种符号体系，构成节日内容的每一事物，都可以解释为一种具有传达意义功能的符号。意识到传统节日在文化象征、寄托情感、凝聚大众、弘扬传统方面的价值，在全球化的语境中，在外来文化的挑战与刺激下，重新发现本土传统节日文化就显得尤为重要。所谓传统的恢复与"发明"，就是将传统节日作为凝聚点，通过周期性的活动，唤起人们对传统的敬重，增强人们的民族文化情感，实现其他文化形式难以实现的传承文化与强化认同的功能。

在这个意义上说，重新发明传统节日也是在重塑一种价值观。在节日带来的特殊的文化时空里，国家层面的文明与和谐、社会层面的自由与平等、个人层面的爱国与友善，都可以在公共的互动实践中获得培育和彰显。这些年最引人注目的国家层面的举措，就是将传统节日与法定假日相关联。法定假日反映的是国家的价值

古羌城开城门仪式

取向，传统节日凸显的则是民族的文化意味，两者有一定重合，但并非完全相同。传统节日与现代法定假日结合，一方面，可以作为社会文化再生产的机制，通过民俗与仪式的传习增强民族认同，巩固现代国家观念和政治认同，另一方面也稳固了文化根源、文化认同和历史延续性。相比外来节日，本土传统节日更具亲和力，不仅是"消费节日"，更是"文化节日"，所以我将羌年和大禹祭祀的展演性质，乐见其成地视为"流动的传统"。

节庆是整体均质化时间的例外状态，更多的是平凡的日常。生活与工作中不免重复的内容与刻板的流程，当我从办公室的电脑与文件，会议室紧锣密鼓的议程中，偶尔抬起头来，瞥见窗外的银杏树和淡青色的天空，有时候会有恍惚之感，还是感觉走在下乡的路上、脚踏在北川的土地上才是最真切的。

走北川带来空间的体验，就像我意识到北川的时间的变化一样，它的空间也在重组与重构。许多时候下乡，我都会经过擂鼓镇，路上经常遇到络绎不绝的大卡车，运载着矿料呼啸而过。我对擂鼓镇的整洁风貌很是赞叹，李师傅就说，这里曾经有车匪路霸拦路抢劫。我完全想象不出来，那是什么情形，按照李师傅的说法，21世纪以后才有好转，一方面是严打了几次，另一方面是农村税费改革和新农村建设，经济状况好起来了。到2008年之后，风气有了一个根本性的转变，可能是地震受灾后来自四面八方的援助，让整个地方的道德风貌发生了震动和升华。

这些当然是我的推测，北川社会风气的变化，根本原因在于经济结构的变化打开了紧缩的发展空间，展现了更大的可能性，从而带来了原本泛滥流溢的精力与智慧的转向。北川的封闭性在新时代全然洞开，以开放的姿态显示出新生的样貌。

人与人、文化与文化、情感与情感的隔阂，往往来自封闭、保守与狭隘的心灵和精神世界。这背后自然有地域性的因素，起决定性的却是时代性的因素。

小时候父母忙的时候，经常把我送到十几里外的姥爷家住一个夏天或者一个冬天。对于懵懂的孩童来说，十几里外地方就是一个完全陌生的天地，连景物和人们说话的口音都跟本村的人不同。姥爷家在三县交界地带，他本身就是另外一个县的人，新中国成立后因为工作的关系才调到本市来,同我姥姥结婚后定居下来。姥姥家兄弟多,一姓人就占据了大半个村庄,只有三户外姓人,所以即便姥爷常年在外开会、出差、办公,也没有多少钱养家,姥姥还是一个人养大了七个孩子。

我那时候对村庄的权力毛细管格局无知无觉,却敏锐地记住了一个词"外来户"。这当然是舅老爷、表舅他们逗我时开的玩笑,却也让我意识到一种因为姓氏差异所带来的区隔。不同县域交界之地,往往是行政权力薄弱、管理体系容易产生推诿松懈的地方,同一个家族的利益相关与自我保护意识就会强化对于宗族的认同。

在记不清多少时光的姥爷家生活中,我跟村庄里的表姐、表弟、舅舅一块儿去放牛,到灌溉用的水渠下面冲澡,去池塘中摸鱼,在松林中寻找百合花……我发现,他们对同村亲友自不必说,对隔了几公里十几公里的亲戚也很亲切,唯独同毗邻而居的外姓人毫无接触,甚至都不怎么说话。实际上两家的距离也就是隔了一条村道,这个很有意思的现象在当时觉得理所当然,并无异样,多年以后才在我心中逐渐清晰起来。

那些异姓人都是隔壁的陌生人。仅仅因为他们是从湖北还是哪里迁过来的,虽然同在一个"生产队"(这种组织随着人民公社的解体，后来就没有了，转换成了村民小组，但人们在口头表达中仍然惯性地称之为生产队），但所有交集仅限于队里开会。偶尔我会听到姥姥说，此外就一无所知了，他们从来没有来往过。我甚至都不知道他们姓什么，他们的房子是背对着大路的，人也很少出门。

那时候虽然市场经济改革已经如火如荼，人们的流动性加强了，但是在偏僻的乡村里，普遍经济状况仍然较差，甚至某个夏日夜间，我和舅舅们在院中搭凉席乘凉的时候，还听到门外树枝断裂的声音。打着手电筒出去查看，才发现有人偷摘梨子，把树枝弄断了。小偷跑了，姥姥家人的猜测中，罪名就安在了那家异姓人头上。时过境迁，现在回想起来，一切都是因为隔膜引起的。

在流动性不普遍的情况下，人们的活动空间有限，现在看起来很短的距离都会让人感觉是不同世界的人。我记得读高中的时候，有一次去六安市里会考，返回新安镇的路上，坐的是大巴车，有一个喝多了的醉汉，一直在唠唠叨叨。听口音不是市区或新安镇的人，好像是邻县的。经过窑岗嘴大桥的时候，那人下车，车上的乘客让司机开车赶紧走,"又不是咱本地人"。这句话过去了 20 多年,我至今还记得,并且还记得司机把门一关,开走了。邻县距市区也就 70 多公里,也就 1 个小时的车程,按道理算是正宗的老乡,在那时候却会被视作截然不同的地方,可见彼时一般人视域的窄小。

那种隔阂就如同"高墙",固然有着防御和保护的心理作用,同时也束缚与限制了自我的打开。此种情形在北川尤其如此,就像明代残留下来的一道一道关隘和军堡,还有沿着青片河与白草河往上溯源过程中的民间"一截骂一截"现象,其中既有族别的差异,也有习俗的区别,更是人为的文化区隔。

这一切在新北川荡然无存了。关隘被打通,隙缝被弥合,隔阂在消除,新北川同世界贯通为一。

交通、通信技术、贸易的网络,以及最根本的政治组织行为的强力统摄性,信息的即时沟通,人们的往复来返,区域的协调互动,已经将这个看上去很"地方"的地方,塑造为一个敞开的处所。

这涉及一个外来者如何去看到在媒体形象背后的实在生活。北川像无数那种因为本地各方面资源的积累与限制而走上文旅开发的地方一样,很容易被想象为一个充满了民族风情、和谐生态与淳朴人情的地方。这当然没有错，事实上本县的宣传部门也一直在致力于这样的符号化形象打造，然而所有一切的内在肌理则是乡村的时代语境中的根本性转型。

为了文旅开发的事情，我同县长去北京拜访过一位业界大佬。我们见到那位精力充沛、口若悬河的传奇人物。他擅长打造文化旅游休闲目的地，比如中国民俗文化村。后来回想起来，我在上中学的时候，就在去深圳打工的同学拍的照片中，见过他一手策划的"锦绣中华"园。类似的项目有很多，像中华百艺盛会、西安文艺大道、天坛演艺大道、蒙元世界、吴桥杂技产业园、乌兰察布集宁安塞文化旅游产业园、河北清泉源度假村、通辽科尔沁敖包山、河北坝上中国马镇、济南D17文化产业园、佛山功夫世界等等……他最擅长的是那种百老汇模式的操作：建立一个剧团，创造一个剧目，由一个经营公司全权管理负责。

县里没有那么大投资，最初只是希望能打造一台可以配合节庆或者旅游旺季在禹王广场演出的舞台剧。作为旅游目的地的话，关键问题是游客在景地的有效逗留时间。统计数据显示，游客多留1个小时，景地收益就会提高10%。至于怎么留住游客，静态化的景点肯定是不够的，需要靠动态的夜生活。一涉及夜晚经济，就需要产业联动的总体性业态布置带动，这是某个单一点，比如某个演出或者观光点，无法完成的任务。原有文化必须整体"活化"，从古老传统、历史遗留、文化遗产、民俗事象中，萃取、提炼、创生出新的文化产品。打造演出只是其中之一，并且需要考虑受众，才能"卖得出，演得下，看得懂，递得进，传得开"。这需要规模足够，具有唯一性，重在服务。投资为产业服务，规划为策划服务，策划为经营服务，经营为市场服务，必然的格局是政府主导，企业主体，市场化参与，专业化运营。

这些我在北川时思考的问题，与大佬的想法不谋而合。他受托在北京通州做台湖演艺小镇，是按商场原则做文化，这一点跟学者和政府的想法都有所差别，却是最务实的。那个时候，我发现我的角色似乎也转变了，完全从一个北川官员的角色和思路出发，目的是让人更多的人能来走北川。

大佬很得意的是，正在宁波、康定、厦门做的"梦古里",就是一种房中风景的 utopia,在有限空间里通过微缩、虚拟、杂糅呈现出某地的综合性文化景观,同时将商用空间镶嵌进去。这是现在各地文旅开发的普遍做法,从理念上来说,是利用既有文化元素,无中生有地创造新文化,与商业结合,创造新的模式,进入到流通领域,让商家无门槛进入,从而产生系统化的业态。

从全国范围内来看,古镇、老街之类仿古、拟古、复古的旅游景点,可谓遍地开花。地方政府的思路很容易走向同质化,显然那种模式在庸常化之后已经很难构成吸引力,并且很容易走向千篇一律。

"世界公园"和"中华民族园"那种微缩景观形式可能在上个世纪八九十年代还有效,毕竟彼时绝大多数中国人的脚步还没有广泛触及到不同的地方,30多年来经济的快速发展和跨地乃至跨国流动,人们已经不再满足于景观化呈现,而更倾向于实地体验了。21世纪初的山水实景演出,各种"印象"系列的层出不穷,也已经逐渐褪去了其原初的魅力,至于网红的宣传效应,只是短期的。

我们从北京回到北川后不久,大佬带着自己团队回访,县文广旅局聘请他作为顾问。北川的体量不足以投资巨大的乌托邦文化空间或宏大实景演出，但这种思路可以借鉴。小县城的文化旅游究竟该如何走，还需要进一步的考量。文化只有作为一个流动过程，而不是固定状态，它才充满生动的气息。它是河流，而不是码头，只有在川流不息中才能葆有活力，而不是成为一潭无波的死水。就我所知，北川现在正坚持文化搭台、旅游唱戏，创新"非遗+乡村振兴""文化+乡村振兴"等模式，培育羌历新年、大禹祭祀、莎朗节等三大民俗文化品牌，以期做活文旅产业，高质量推进文化振兴。

政府的平台公司禹泉文旅集团牵头做了一台实景体验剧《走北川》，请的是四川艺术团的团队操作，我参加了几次论证与修改方案会。我的观点是文旅产业主要在两个要素：对地方、民族、民宿文化的继承、传播、弘扬与创新，器物、非遗层面之外，核心在于人及人文。就此而言，"释比"这一类似于地方与民族文化中的灵魂人物的存在就不可或缺，把他设置为展现各种文化展演的线索人物比较好。对情感经济的掌控来说，则要先声夺人，带来新奇与陌生的震惊效应，然后感叹、感慨，最后通过感激、感恩的外显表达，达到感动观众的目的。6月底做了一次首演，县里人都去看了。

我后来想明白一点，对于北川这样的西部山区小县城来说，其实没必要求全求大求高雅，能够抓住自己的目标用户就行了，就像抖音上很火的"秀才"与"一笑倾城"，他们就是文化下沉的结果，满足的是基层的受众群体需求。下里巴人式的文化新变，一开始不能自我设限，最初总是会让习惯于某种特定美学形态与观念的人不适，那是一个必然的过程，大浪淘沙，自然洗漉，会撇去浮沫，留下可以流传的精髓。

"在世界行走，为北川停留。"

在新县城的北川中学门前常乐街与云盘中路交界的地方，有这么一个标牌，显示出新北川人的气魄与胸怀。有时候反过来想，阅尽千帆、繁花过眼的人，为什么要来北川？如果它只能提供一些别样的景色、奇异的风情、怡人的生态，那此类地方未免太多。我想，北川的可爱与可敬，应该是体现在历劫重生的勇气和日新不已的奋进——人们不会沉溺在苦情之中，而是将哀恸转化成新生的动力，回馈给人间大爱的是蓬勃向上的活泼容颜。

景色、生态农业、文化旅游，只是新北川故事的一个侧面。它还有别的侧面。

在这片古老而饱经沧桑的土地上，最能同亘古山河、悠久人文形成反差的，应该是新兴科技所焕发出来的光芒。绵阳是因为中国工程物理研究院而闻名的科技城，本地人口头中的"九所"前身就是第三机械工业部九局，是中国核工业的基础，1969 年从青海迁至四川后，1983 年相对集中到绵阳，为这个西南山区城市注入了科技的能量。我下乡每次经过永安镇时，都会看到路边一个指示牌标识着中国空气动力研究与发展中心的所在地，就是彼时留下的遗产。

绵阳的军转民产业发展势头强劲，北川濡染风气，开发了通用航空先进制造产业功能区。北川通航产业园是中国科技城"一核三区多园"的重要组成部分。全国首批、四川唯一航空飞行营地示范区，与中国空气动力研究与发展中心、中国燃气涡轮研究院、九洲集团等建立长期的合作关系。其中的无人机及通航飞行器研发制造项目、通航飞机整机装备制造、航空发动机及关键零部件研发制造、航空运动装备制造、飞行模拟机制造等是特色。目前，累计签约通航产业项目金额超 150 亿元以上。已有长鹰科技、纵横无人机等 12 家通航企业入驻，通航制造业实现"零的突破"，集制造、运营、旅游、培训为一体的通航全产业链成形成势。预计到2025年，北川通航产业产值将突破50亿元。2021年12月20日，我第一次参加招商项目，就是到北京旋极信息技术股份有限公司考察座谈，讨论大功率无人机生产基地项目引进的事宜。

在永昌镇的龙翔路上还有一座民办的飞行职业技术学校，与成都的四川西南航空职业学院同属泛美教育投资集团旗下。除了学校之外，还在着力打造航空主题乐园。这是集航空博物展示、航空科技文化体验、直升机旅游、动力三角翼观光、航空体育运动等内容为一体的项目，为人们提供观光、研学、沉浸式体验、竞赛等多种活动模式。总体上来说，通用航空已经与文化旅游、食品医疗、茶、安全应急，并列为新北川的五大产业之一，这是新质生产力在山乡切实的体现。

我曾经在世界行走，也为北川停留。我走过北川的山山水水，看过无与伦比的景色，吃过形形色色的美食，认识那么多的父老乡亲，见证了它迅速的蝉蜕蝶变，为一生中原本平淡无奇的12个月增添了难以忘怀的亮色。

临别前,县中心组学习时,我做了一个简短的报告,最后有一个总结:

　　从远古而来,向未来前行;
　　传禹羌文化,显中华气派。

这既是我的感知,也是我的期待与祝福。

十一

何谓"新北川":一个青年的自述

或许，传说中的羊图腾
是真的存在：当我开始怀疑
这荒凉的土地，有一块
独自醒来的草皮，正在悄悄吐绿

——羌人六《羊图腾》

新时代的中国乡村同时具有全球共性与中国经验。"全球共性"是同处"乌卡时代"（VUCA，即volatile，uncertain，complex，ambiguous的缩写），充满变易、不确定、复杂性与含混性，这是活力的体现，也是风险的表征，更是历史的机遇。"中国经验"则在于区别于其他贫富割裂的发展中国家，通过制度优势进行的东西部协作区域联动，组织与个人的多种形式"结对子"扶志、扶智、扶贫等模式，完成了告别绝对贫困的脱贫攻坚，进入到城乡一体化的发展模式。

前不久，我刚刚从中南半岛的柬埔寨、泰国和老挝沿着湄公河沿岸乡村调研。对于都市与乡村之间的巨大差异印象深刻，城市中心及刻意打造出来旅游景观炫人耳目，夜间流光溢彩，看不出任何欠发达的样子，但是在城市边缘与山区乡村，则是截然不同的另一个世界。这种差异背后有着复杂的政治历史原因，深层次里还有着文化与观念的因素。热带地区的风土气候和富饶的物产，容易形成舒缓的时间观，文化的影响也会带来平和的形态，它们在亚洲次大陆上的文化原本可以自洽。但是，近代以来启蒙现代性和殖民主义的进入，将其拉入到"世界体系"之中，那种圆融自足的原初自洽就被打破了——效率与绩效式的社会方式挤压了悠闲自足的状态。如果不做出观念上的更新和实践中的变革，那么就很难在全球竞争中取得一席之地。

中国的许多偏僻角落和边远地区，同中南半岛诸国毗邻接壤，但是不同的是，中国的乡村在中国式现代化的洪流中，与邻居们走上了不同的道路，从而拉开了距离。曾经的传统，经过创造性转化与创新性发展，由被动的应激变革转为主动的迎接挑战，这要得益于全国一盘棋的乡村振兴总体性战略。

乡村振兴的历史性变革体现为乡村的科技化，具体表现为农业的工业化、"互联网+"、文旅融合、农旅融合、碳抵消的环保合作等方式，实现生态与发展的平衡。这一切使得新时代的乡村图景，已经不同于农耕或工业时代乡村的风景、风俗、风情，它成为折叠、开放、流动、充满各种可能性、呈现风貌参差多样的处所。老的北川就是在这个时代潮流中成为新的北川。

想如何才能真正意义上呈现新北川的风貌呢？以

往我们对于农村、农民、农业的叙事和想象，大多数还停留在农耕时代的田园牧歌，或者就是工业化与商业化进程中失落的哀歌，那过去的历史往往引发怀旧的温情和由衷的眷念，以及蓬勃生发的鲜活现场。

我曾经提出，在怀旧的抒情、乡土的挽歌与现实的素描之外，如果要进行新时代乡村书写，其创变主要表现在三个方面：一是走出同质化的乡村想象，描摹有着不同地理环境、历史传统、生活习俗的乡村，具体的个性化发展之路；二是塑造出不同于过去的新农民的形象，将其作为城市与乡村、农业与兼业、科技与人文相融合的同时代主体；三是在生产生活方式中，刻绘新乡村中伦理道德、情感结构与感受方式的微妙细腻变革，在个性化中凸显出总体性的社会律动与时代精神。

其中，最关键的还是人。让乡村的主体自己来言说自己，才能真正体现出何以谓新时代。"新北川"也正是如此。

小侯是北川新一代的农民，生于1980年，走出了大山，又回归到故里创业。在一个深夜，我们进行了一次长谈，我征得了他的同意，尽量以原始的形态保留了他的自述。这是他的人生故事，也可以说是口述史，更可以当作新北川发展的切片。

17岁我就带了200块钱出门了。那时候初中还没毕业，家里穷，自己也想到外面的世界看看。我有个哥哥在绵阳，小的时候去过，所以第一站就从坝底跑到了绵阳。但是找不到活儿，我待了几天就回家了。回来之后，我想来想去，要做生意。我尝试从老家带了一些蜂蜜和腊猪脚这些土特产，跟着别人去卖。

那是1997年，山里的收购价是一斤2块5，市里是10到12块。如果到农贸市场摆放在那里守株待兔，是没有成果的，我就在各个小区叫卖，一斤能赚个七八块钱。生意出奇好，没有两个月的时间，就赚了万把块钱。但是，扫楼叫卖不是长久法子，主要是觉得没面子，后来我就想，还是得先学个手艺，就跑去绵阳锦城厨校去学厨师。

学了一年厨艺，出来找了个饭店当厨师。我在后厨干了十来天，偶然发现液化气可能是个好生意。这个东西好啊，放在我老家那儿，干农活累了，回家打开火就能热口饭吃，还不贵，肯定有市场。怎么才能把这个生意给做起来呢，没有人给指路，我就悄悄跟着送液化气的人，找到了批发液化气罐和燃气灶的地方。然后，就回坝底开启了液化气生意，就是卖燃气罐。第一批特别赚钱，成本才100多块钱一套，我拿回去一套卖600多。同时，也开始做点药材生意。就这样，1998年，就赚了接近20万块钱，差不多是我人生的第一桶金。还是可以的。

液化气生意做了一年多，到2000年的时候，就不太行了。因为大家都跟风学，光坝底乡就有了三家店，连白什、马槽包括墩上乡那一带都有人做这个生意。这个利润就完全不行了。我也赚到钱了，就撤出来，准备到绵阳发展。那个时候，长虹电子厂还很红火。我哥在那上班，我就找关系跟厂里对接上了，答应我去帮他们招工。

你想啊，农民出来，顶多初中毕业，能够找个工作相当不容易。在国企上班还挺洋气的，所以招工生意也好干。培训合格上岗，大约要350块一个人，包括把他们从山里拉下来送进厂、体检啊，等等这些。我把一个人都安排完，大约能有个三四百块钱的纯利润。

这个事情做了快一年时间。我想，自己如果要做大，这样替工厂招人，不是长远的办法，但是也不想再回坝底老家了。我觉得农民出来打工，两眼一抹黑，找工作太难了，就想自己搞个职业介绍所。我花了3万多块钱买了营业证，房租啥的加起来，投入了接近10万块钱，干了近3个月就没干了。那时候不像现在这么规范，很容易上当受骗。

然后没事做了，又入股了一个歌舞厅，后来发现有一些股东把人家打工的妹妹骗去。这些事情，我也不能接受，两个月就不干了，投资也拿不回来。2001年，我就又回到了原始起点上，一分钱没有了。那时候我有个6000多块钱买的诺基亚手机，都卖掉了，换了个小灵通。

身无分文，没办法，开始了人生第一次打工。正好仙海风景区水上娱乐项目在招安全员和服务员。安全员就是负责看护别让人落水了，如果落水了，就游过去扶人上船，380块一个月，我就去干这个事情了。我做了10天安全员，又干了几天传菜员，被经理提升到市场部拉业务。我跑业务的能力特别强。当时我在一个城郊村租房子，过节的时候，我就找到村委会，给他们推销一个组合消费，到仙海坐船5块钱，吃饭10块钱，也就是15块钱一个人包圆。我一下子拉了70多个人，每个人收 70 块钱，很快就赚了几千块钱。这启发了我做旅游的想法，出来单干了。

2001 年的夏天特别热。我就跟邻居的一些老太太、老爷爷讲，北川的山上特别凉快，吃的我给你们安排好，你们去一趟总共也花不了多少钱。因为在那之前，我走乡串户收蜂蜜的时候，就知道青片特别凉快。我的房东邓婆婆那个人特别好，她也帮我介绍。同时，我跑到山上就是现在的西窝羌寨那地方，去联系农户，那里有认识的人，我说你们帮我安排房间。农村的房子比较好一点的能腾出来两三个房间，其他农户一家也能收拾一两个房间。8 月份，我就招揽了第一批 10 个人，带到青片乡的小寨子沟去。到山里边，白天吃腊肉、野菜，晚上烤土鸡、羊子。住的虽然差一点，但是凉爽舒服。一个人收 380 块，成本大概 300 块。这么干，收益还是不错的。

所以在仙海干了两个月，我就辞职了。本来我对旅游就感兴趣，游客们游玩吃饭的时候，我拍了一些风景照片，做了一些传单，A4 那么大一张纸彩印，上面留下自己的电话。我就拿着这些单子，挨个办公室去敲门拉客。就从那开始，生意做起来了，我自己用面包车拉，每天都会拉那么一辆车。慢慢就有一些旅行社跟我联系了。那个时候我特别大胆，跟县旅游局的人汇报了之后，跟各大旅行社联系，签合同。他们自己不熟悉那边路况，不敢发团。从坝底到禹里再上去，都是土路，就没有手机信号了，我得安排老家的亲戚骑摩托车先到上面去，安排好吃住，然后我从市里带客人过去。那个时候我用小货车运客，55块钱一个人。三个正餐，包括当天的午餐、晚餐，第二天中午午餐，再加上一个早餐，四顿饭才55块钱，关键吃得还挺好。就这样，一个人住宿10块钱，吃饭30块钱，老百姓能赚15块钱。哥，我跟你说，别看这个好像不多，但2001年，一般的工资就四五百、五六百块钱，我带客去，老百姓也尝到甜头了。遇到我，就跟我说："小侯，你能让他们到我这待吗？我给你安排。"

这个事儿好做，还能赚钱。带一个客能赚200块钱，一辆大巴20多个人就能赚四五千块钱，我一次最多能带上10部车。我在绵阳森林大厦租了一个办公室，专门干这个事儿。慢慢地，档次要提高了，小货车肯定不行，中巴连空调都没有，后来就请那些北方的大巴车。但是，大巴车上不去山，路很窄，半道上早早地就要下去。去白什那些乡镇，就要先去马槽边提前看一下，如果前面有车，还要往后倒车，找个宽敞点的地方才能会车过去。基本上天天有客，冬天都有人，我逐渐做到了2003年，小寨子沟就开始修农家乐，开始发展了。小寨子沟是我第一个带游客上去旅游的，到现在文广旅局的人对我也是特别认可的。

当业务起来，跟各种旅行社都建立了广泛的联系，成都、德阳、遂宁、绵阳都有办事处了，我也办了旅行社。搞旅游搞了这么多年，积累了一些经验，我就想去做一本旅游娱乐通鉴。我觉得这比在电视上旅游台做广告推广还好。结果花了几十万，没有出来。到2007年左右，生意不行了。因为后来大家都来做，拼命压价，市场乱了，我就不想做了。就算2008年没有地震，其实这个旅游也搞不走了，竞争太厉害。很多旅游老板都改行了，我也退出了。

结束旅游的事之后，我准备搞养殖养土鸡，把农产品带出去卖，这是2007年末的事儿。2008年，我就开始四处去考察土鸡品种。在网上看到河北一个地方的柴鸡不错，我通过QQ在网上留言。"5·12"大地震那天，就是因为这个网上留言把我命给救了。

当时我已经把山上面老家的鸡圈什么的修好了，想跟北川县里相关部门先联系一下，看看有没有什么扶持政策，然后就准备去河北考察鸡苗子。5月10号从坝底到曲山老县城，走到现在唐家山堰塞湖那个位置，有种冷飕飕的感觉。11号回家以后我睡到早上10点半左右，我妈叫我起床，起来吃早饭。我跟我妈说，昨天晚上我在北川特别害怕，今年养鸡会不会涨洪水，拉不出去。我妈说，不知道，以前老人说古，我们祖宗那一代，北川"包饺子"了什么的。饭还没吃完，我就接到电话了。

是河北打来的电话。那人说您留言要土鸡苗子，我们有华北柴鸡，然后又介绍那个是真的土鸡什么的。他们是正规单位，还说你如果来考察的话，我们可以报销车旅费。我马上订了张机票，下午就飞到石家庄，再乘车到县里，当天晚上就住到了那里，跟他们在一起吃了个饭。第二天上午一早就去考察他们的鸡苗，那个鸡长得特别好，脚特别细，羽毛也相当漂亮，我觉得可以。这个事情就定下来了，跟他们签了合同，我做四川省的总代理，代理这些土鸡苗子，一个鸡苗能赚5毛钱，也不简单，这比我自己养还更有价值空间了。返程订的是

12号下午5点半的飞机，中午吃完饭，我就在酒店睡觉了。

大概3点半的时候，河北的人来敲门了，一见面，他就问我，侯总，你们家离汶川有多远？我心里想，怎么问这个？我把这个合同刚签下来，是不是汶川有人能给他们更高的价格，也要来做代理？我说，汶川离我老家很远。他说，那我就放心了。又问，你老家那边有没有给你打电话？我说，没有啊。心里还在想，我做这么个事情，也不需要家里人给我临时打钱过来啊，就问到底有什么事吗？他说没事，跟我们走吧。我以为他们送我去机场，但是我们到的是他们单位。我莫名其妙，他们很沉稳地跟我说，你给家里人打个电话吧，看能不能打通。我给我妈打电话，没打通，又给我爸打电话，也打不通。怎么回事？他说，出大事了，但你要稳住，在这遇到我们，你放心。

他们把电脑打开给我看新闻。汶川大地震，那个时候报的是八点几级。我一看，震中离我老家特别近，那条路线我经常走，两个地方就背靠背挨着。我马上又打电话，舅舅家电话也打不通，我知道确实出大事了。人生就没经历过这种事情，我都蒙了。我一直在电脑上看新闻，啥也干不了，一直看到六七点，全是在讲汶川地震。新闻说4点多北川县城几乎就夷为平地了，已经看不到一块平地。我想家人肯定都没有了。

他们派了几个人看着我，怕我想不通，还安排了一个川菜馆，叫了几个人一直陪我喝酒。一直陪到深夜12点半，我妈的电话终于打通了，她没事。联系上家人以后，帮助协调我坐上了救援飞机。我回来是飞到绵阳，到了九州体育馆，场面没法看，一个个人都跪在那儿哭。

回来我第一时间就去找亲戚找朋友，死的死，伤的伤。然后，就在绵阳搭上了帐篷。灾情平稳了以后，直到堰塞湖放水回家的时候，那段时间我什么事都没做。朋友说做工程干啥的，我也没有那个心思。2008年下半年基本上就空耗过去了，2009年启动灾后重建，快快恢复生产，我还是想养鸡，继续把这个事情做下去。

河北那边特别扶持我，鸡苗子原来定的是两块八一只，给我减到了一块钱一只。我早先积累的媒体关系资源还在，就一边宣传，一边养殖，养鸡和卖鸡。我把鸡苗发卖给老百姓，疫苗什么的都做好，村上、乡上、全县都有人在养。

北川土鸡很受欢迎，我在广播电台打了广告，叫尔玛旺发鸡，还开了个尔玛天堂农家乐，生意很红火。

我那个时候跟山东援建的朋友关系处得好，他们也照顾我的生意，每当过节要回去的时候，我就让他们带回去一些北川腊肉、蜂蜜这些土产。我做的白酒贴了个标签叫北川感恩酒、北川印象酒，还有农产品什么的。援建朋友们撤走的时候整车往山东拉土产，玉米酒、腊肉什么的，就在我这里买的。这个生意做起来，养殖的生意也做起来了，到 2011 年，就把规模做得比较大了，大约到 2012 年，这是我人生最高光的时刻。

有一位一起玩的老哥知道我手上有点钱了，就叫我跟他一起去新疆搞开发。我去的是阿克苏，浙江援疆的点，在新和县落地。我过去开发了一个商业楼盘，自己投了 800 万，还有几个合伙人投资，贷了一些又借了一些资金。但运气不好，烂尾了。

我们当时在银行贷了 1800 万，老哥投了 3000 多万，还有两个股东各投了几百万。烂尾了，老哥就要去跳楼，我说钱亏了，命得留着啊。哥，我跟你讲，2014 年那一个月我的头发白了一半。

最后我还是找到了出路，一段时间以后手上又有点本钱了，有点本钱我就参股搞加油站，当时加油的需求量比较大。于我这样从农村出来的人来说，已经超过个人目标的预期了。我凭自己的能力和辛苦的付出，能赚多少钱就赚多少钱，不搞歪门邪道，能走一步算一步。

  我对老家的深厚情感发自内心，以前做旅游那会儿，老百姓进县城要赶班车，错过就没了，我带游客时，如果看到坝底的熟人站在路边等车，就会尽量把他们带上。车上有时候没有空位置，我也给游客做工作，说老百姓赶车太不容易了，各位帮帮忙，我给你们唱首歌什么的，哪怕站着，能带一段是一段。北川老乡要到绵阳医院挂号看病，我都给安排住宿，陪同他们去看。因为山里老百姓进了城里医院，不知道找谁，也不知道手续，该挂什么科。我们在山上老家都喜欢串门子，我回去就买点糖酒、水果这些东西带回去，附近的邻居每家去走一下。等我返程的时候，腊肉、猪脚、鸡蛋什么，就有人给你背过来了，车子都装不下。

  有一年回老家过春节。冰天雪地的从早上 5 点，就有人在我门口守着我，请我去他们家吃饭，我一天走了 6 家，喝了 6 台酒。这种尊敬和情义，不是有钱就能买到的，感觉特别舒服轻松，让人非常有成就感。所以，在那个时候，我就发誓一定要想办法在老家干一件事情，修农家乐，外面人能来玩，还能把周围老百姓带动致富。

北川 2019 年成立了农民工之家、农民工服务中心，那时我还在新疆。当时县委书记和组织部长到新疆看望慰问北川农民工，要建立驻新疆流动党支部。他们就推荐我当支部书记，我觉得对咱们农民工有利的事情可以做。我做支部书记，认认真真履行党员职责，宣讲党的政策，具体干了一些事情，像慰问农民工，疫情期间给他们想办法解决回家的车票，包括找工作，帮他们讨要拖欠的工资，这些事情我都做过。

任了这个职务以后，我对北川的政策有了更多的了解，县领导也跟我说有钱可以回来投资。国资委会帮助基础设施建设，配套 200 万，我觉得政府太给力了，就下定决心回来。重新做老家的旅游，要搞大、搞强、搞好。北川从条件上来说跟人家九寨沟、黄龙没法比，但是我们努力结合自己的资源，打造自己的特色。我们的民宿现在是北川体量最大的，投资最大的，规模最大的，县里面也很认可。

新冠疫情这几年经济和各方面受影响比较大，现在疫情结束了，我想，一切都会好起来的。

小侯的讲述中昂扬着一种自信与豪情，对自己的经历和生意经毫不讳言，我很欣赏这种坦荡，只有内心没有愧怍的人才能堂堂正正地面对自己的过往。他原始积累时尚处于一个野蛮生长的环境中，靠自己吃苦奋斗，也走了许多弯路。20多年间的起伏，市场越加规范化，在政府引领下，开始从单打独斗到集群发展，映射了北川发展路径的缩影。

说到煤气灶的时候，我忽然意识到一点，我到北川那么久，下过那么多次乡，还真是从未看到过炊烟。暮色苍山远中，村寨中袅袅升起的炊烟，是农耕社会千百年来经久不衰的美学意象，寄托了归园田居般的乡愁。炊烟的消失背后，意味着农民不再烧柴禾了，而代之以煤气与电，锅灶与火塘并没有全然消失，但已经转化成了一种念旧的孑遗，与之同时兴起的则是清洁与卫生的新型能源使用。生态文明的背后不仅仅是自上而下的倡导与改革，更多是民众对于新技术的应用和小侯这样推广者与中介。他们在不自觉中完成了静悄悄的革命。

还有一个细节让我印象深刻，就是即便他在最没钱的时候，卖掉了手机，也要换一个小灵通，保持与外界的沟通与联系。科技的日常化与便捷化，无疑极大地改变了信息不对称的局面，也打开了一个曾经封闭的空间，不仅是地理的，也是心理的。

如今的北川脱胎换骨为新北川，农村、农业、农民都发生了转型，生态农旅是因地制宜的选择结果。这中间一个很重要的因素是，地方发展同国家整体战略之间息息相关。中央及各级领导的关心，山东的援建与浙江衢州的协作，给北川带来了新世纪和新时代的转型，北川人走出了大山，开拓了视野，学习并创造了新的生产与生活形式，人们的观念也得到了更新。

"新北川"之"新"不仅是外在地貌风景、建筑与设施的"山乡巨变"，更在于它多维度上的综合：政府统筹与服务职能上的制度创新，农业在科技助力下的产业升级，生发出与种植、养殖、康养结合的文旅业，以地方特色为支撑的新兴应急产业与低空飞行行业等等。农民的面貌为之一新，他们摆脱了艰辛、悲苦、愁容满面的形象，进入到工厂、企业、服务业中，成为工人、小业主、公司员工和文化创意人员。

这是新山乡的一个侧面，从小侯的经历中可见一斑。他学历不高,但并不代表没文化,而是在社会中学习和摸索。20多年前从坝底乡走出来的乡村少年,现在已经成了一个相貌堂堂,衣着简洁,举止得体,谈吐大方的新人。我想这才是乡村振兴的本意,让人本身获得财富、幸福和尊严感。

十二

回北川

你是我的山高水长，清风也借宿在你的酒香，羌红从云端带来了吉祥，在羌乡山岗开满安康。

你是我的地老天荒，雨露也温柔了所有过往，花果飘香，我们跳起萨郎，欢聚在木比塔的家乡。

你在悠悠云朵之上，悄悄栖落在我的心房，山歌缓缓淌进时光，唤醒梦中相遇模样。

——歌曲《云上》

2023年10月25日，北川羌族自治县成立20周年庆祝大会在这一天举行。

如果说对北川魂牵梦绕，未免过于矫情，在新冠疫情暴发的时候，飞机停运，我乘着火车急匆匆地离去，总感觉似乎缺少了正式告别的仪式，因而也就觉得始终没有离开过。不在北川的日子，我总是忍不住要搜寻它的消息，因此还关注了好几个公众号。我只是在北川工作了不算太长的时日，离开北川也才刚刚将近一年。北川这样的县级地方，我可能去过至少有一二百个，行走天涯，我并无牵挂，即便旧日的故乡也在记忆中渐渐淡薄，更何况只是一生中萍寄般短暂居留的地方？

说不清是一种什么样的情感，大约总是有些割舍不掉的情愫，或者是对许久未见的故地面貌的好奇。这大约就是"在世界行走，为北川停留"的意思所在。9月份接到县长的邀请，我非常兴奋，第一时间就答复说：一定回去。

想起临别前，北川人民授予了我"荣誉市民"的证书，这可能是最大的奖赏吧——我是北川自己人。此番回来，就是游子返乡，是飞鸟归林，是池鱼游故渊，是离家之人重回故地。

北川是我生活了一年的地方。人一生固然会走过很多地方，但真正驻留一年时间的，恐怕也并不会太多。回想一下，我可能只在四个城市，生活超过了一年时间，其他一些地方，比如新疆、西藏、内蒙古，虽然断断续续去过很多次，都是不连贯的体验，也就难以形成全面的认知。

从人类学上来说，一年是做田野调查的基本周期，只有经历完整的春夏秋冬的节气更替，才会对一个地方人们的语言与食物、生计劳作、节日庆典、婚丧嫁娶、人际交往、社会结构有个较为完整的了解。我当然不是一个人类学家，也不是一个采访调查的记者或者采风搜集材料的作家，我是作为一个学者，被中国社会科学院派送到北川锻炼学习，挂职县委常委、副县长。

中国社科院有一个非常好的传统，那就是新入职人员会被派往地方挂职，以便刚从学院中出来的人在实际工作中得到练习。主要挂职的地方我印象中是甘肃的敦煌和武威等地，也有少数其他地方，比如四川绵阳。

我已经工作很多年，不像新入职人员那样挂职是必需的程序，不过我倒是很愿意走出书斋，接触基层一线的工作，从而为自己的工作和研究打开新的格局。

因而，绵阳北川跟其他几个我生活过的城市不一样，就在于其他的地方，或者求学、或者工作，往往是顺其自然，并没有明确的探求目的，而北川挂职则是自主的选择。这并不意味着，我是将它对象化为一个客体，当作一个社会学的考察样本与个案，而是将自己投入进去，改换一下角色，融入其中，作为一种生活经验的补充，完全没有置身事外。这注定了我对它既有理性的观察，同时也避免不了浸润了情感的色彩，绝大多数时候，没有什么主观与客观，就是浑沌一体。

混融在其中，北川的一年，称得上是一次提升与塑造，它的风物丰富了我的认知，它的人情充实了我的生命，在政府的工作增进了见识，拓展了思维。一般而言，人过了30岁，大部分的认知和行为模式都趋于定型，很难再做改变，除非他（她）有着明确的自我学习的欲望和开放的心胸——那需要坚韧的意志。如果外力加以辅助，情形就要容易一些，人们偶尔从既有生活中的逃离，比如出门旅行，都是日常生活的细小革命。我没有在西南地区的生活经验，更是从未在基层政府任过职，对行政部门的组织制度和办事程序几乎称得上一无所知，更换了一个环境与生活方式，既是一种经历上的补充，更主要的也是对心性和能力的磨炼，是对新时代现场的直观体悟。

一个最简单而直接的外显是，我在夏天开始穿衬衫西裤的正装，而在此前我的穿着很少会考虑场合和语境，总是以舒适为第一要义。这一点，我自己都没有注意到，还是后来朋友们发现的。这种细微的改变也许没有特别深刻的含义，只是让人变得些微稳重一些，对我来说，更为深刻的，是从社会角色、行为举止到看待事物的方式与思考问题的角度，在一种不同文化的语境中都得以遭遇挑战、协调与重塑——可以算得上是一种文化接触：涵化（acculturation）、同化（assimilation）和融合（amalgamation）。

我并不想像项飙所提到的，"将自己作为方法"，也并不想做什么具体的人类学课题。晚近的人类学似乎失去了最初的情报和求知的两大根本性起源的激情，很少有学者会严肃地扎根某个地方，进行一个人类学周期的生活与研究。当然，从满足人民群众日益多样化的需求而言，那种文化产品也自有其意义。只是那些拿着资金支持与项目经费的学者，带着笔记本、照相机、摄影机和录音笔，有时候甚至只是一部功能齐全的智能手机就可以上路了。有了飞机与高铁，他们再也不需要劳心费神、跋山涉水，就可以便捷地抵达某个目的地。

当世界敞开，科技与经济之光照彻大地上每一个角落的时候，人类学家已经很难找到某个不为人知的部落与族群，于是转而将目光投向那些趣味性的主题踵事增华，美食，疾病，某种业已进入到非遗名录中、濒临消亡的表演与习俗……诸如此类易于激发人们窥探欲望和消费热情的东西，也就不太可能从总体性上对一个微型社会作麻雀解剖式的描述与研究。我见过很多从心底并不尊重当地民众及其文化的学者，仅只将它们当作标本或样本，他们拿到支离破碎的材料，吃饱喝足后扬长而去。他们几乎很少对当地民众有所回馈，也许都没有那种意识的自觉。至于走马观花的记者和采风式的作家，就更不用提了。而我只是想沉潜进北川生活中涵泳，体味苦乐参半和悲欣交集。

回北川之前几天，我也在四川，只不过是在泸州的古蔺县。24号上午，我从古蔺赶到宜宾的兴文，乘高铁到江油。列车西向北行，经过犍为、乐山、眉山、成都、德阳，从山区到平原，再进入到丘陵，窗外风景飞驰而过，很多时候是生疏陌路，却又似曾相识，仿佛山川草木都是故旧相识，没有近乡情怯，倒平添归心似箭的感觉。

越近绵阳这种感觉越甚，毕竟下辖的三区（涪城、游仙、安州）五县（三台、盐亭、梓潼、平武、北川）和代管的江油市，除了盐亭我都跑过，不同的地方都交了一些朋友。刚从江油下车，政府办的老郑就已经来了电话，说在站口等我。到处是认识的人，与初到宝地时的茫然完全不一样，熟人所带来的亲近感，会迅速让人坦然自若。有一位作家朋友李宏伟就是江油人，夏天的时候从北京回老家，顺便到北川看我，我也跟着去了他老家，在一片玉米地中间，虫声鸣唱中喝了一顿酒，夜间从树木披拂的小路往回返，就希望那路能一直绵延不绝，永无尽头。

2021年11月末，我买了一张机票飞往绵阳。同期挂职的同侪比我早一周已各自抵达自己新的工作岗位，待我从南郊机场出来的时候，心里多少有些忐忑。好在县里派了两个人来接我，他们一路上介绍县里的基本情况。

对于即将开启的新生活，我并没有准备好，就匆匆动身了。这种一头扎进陌生之海的孤独感，让我在最初的日子里，心情就像日渐变寒的天气，湿腻、阴冷、无处不在。基层工作是"上面千条线，下面一根针"，各级领导的讲话、指示、分派任务，最终都要靠县镇乡村的落实，没有任何的闲暇。我到宿舍安顿下来，傍晚就去报到，第二天就开始了紧锣密鼓的公务员日常生涯。它带来的不是新鲜，而是肾上腺素急速飙升所引发的亢奋，就像一个平时顶多喝点啤酒的人，忽然被猛灌了二两烈性白酒，那种带有压迫感的刺激。

有位老兄教我一句说办公室主任的本地方言民谣，形容有多忙多累："头发整脱脱，背背整驼驼。"等我用半个多月逐渐适应了节奏之后，发现何止是办公室主任，每个人都很忙，像陀螺一样被各种有形的、无形的鞭子鞭策着。这种状态说不上好，也谈不上坏，就是我们时代的一种整体性状态。

我相信，对一个普通人，认真的生活，这才是生活的实感。就像陀思妥耶夫斯基在《卡拉马佐夫兄弟》

中，借助阿廖沙之口感叹道的："在世上人人都应该首先爱生活。爱生活胜于爱生活的意义。"

刚到宾馆放下行李，我就急不可待地出门逛荡。新北川县城的每条道路我都曾经走过，虽是旧地重游，但离别时日不久，一切都还很熟稔。街上没有多少人，这个季节桂花刚刚凋谢，残余的清香若有若无地飘散在空气中，让整个县城都变得清新而温馨。

第一个要去的地方就是县委后面的山坡，我每次上班都会从那里爬坡抄近道去食堂，在山头看过世界上最壮美的朝霞。坡上的粉黛乱子草正是最美的时候，蓬松的花絮疏朗有致，连绵的粉色云雾，形成了一片朦朦胧胧轻柔梦幻般的海。它们还是我记忆中的样子，甚至要更加茂密、高大。它只是一块普通的城中绿化带，当初平整了山坡觉得杂草凌乱，就种了一些黛子草。去年这个时候，因为疫情，人们憋在家中，不知道是谁最初发现了这个地方。忽然有一天我下班，就看到草丛中有很多人在那拍照。后来每天只要早晚我经过的时刻，都能看到有人在那里观赏拍照，可能都是附近区县和绵阳市区的人。甚至因为这些人的到来，路边居然摆起了烤红薯和卖玩具的地摊。我爬上山顶，再次眺望西边群山之间的夕阳，长吸了一口气，今日重来，恍如昨天。

想起初春时节，无意中在山坡的另一面发现几株木棉，枯草尚未发芽，木棉枝上的花朵已经明艳照人。那是端正的红色，羌人之所以喜欢红色，是否就来自先民们在春来第一枝中看到了蓬勃欲燃的激情？木棉蜀中甚多，攀枝花指的就是木棉花。黛子草坡在一处无心插柳的地方，成为人们乐意寻访的花海。北川城中有很多这样的地方，巴拿恰步行街的旁边就是一大块城中绿地，遍布着蜀葵和木槿，高可没人，姚黄魏紫，橙红橘绿，摇曳生姿。

黛子草坡下去就是我住过一年的小区禹福苑，对面就是永昌中学，沿着尔玛路往前走，往西拐是马鞍路，"宋喜市"就在这条路上。宋喜市是一条步行街，顾名思义，是仿宋建筑群。整体风格雅致清幽，两边是民宿、美术馆、饭店和茶社，却并没有显得俗气。我在这里同远方来的朋友漫步品茗，如果是雨后，会产生"明朝小巷卖杏花"的错觉。

回到北川，还是要走北川啊！奋斗过，辛苦过，欢欣过，历历在目。故地重游实际上是刻舟求剑，我们已经不再是当初的我们，故地也不再是当初的故地，游与求的不过是当初的那份心境。

沿着马鞍路一直往前走，经过湿地公园时，我看到潺潺的小溪还在流淌，青青的翠竹还在摇曳，一切如常。跨过溪上的小桥，就到了回龙街，它与温泉路交叉的地方就是我以前经常去的"周肥肠"。这是一家连锁的快餐店，物美价廉。一个人点一碗红烧肥肠、一盘肝腰合炒、一盆青菜丸子汤，店家还会送一桶米饭，顶多40块钱。待我从店中出来，回宾馆时，华灯渐次亮起了。橘黄的暖色，应和着尚存余温的初秋，惬意而散淡。

我在北川的一年，既没有春风得意，也没有失魂落魄，像一切平常又平庸的人一样工作与生活。这大约才是一切的根本，它会让一个人心平气和地欣赏、接受一切，既不会志得意满、忘乎所以，也不会心怀怨怼、牢骚满腹，这两种情形都会破坏真实的心境。其实，这个世界上的"成功"与"失败"都是少数，绝大部分人都是平常与平庸，他们构成了无比真诚又无比坚实的人生。他们就是我们自己。

夜间被朋友喊出去烧烤，见到了很多素昧平生的面孔，都是来自全国各地在北川救灾、重建、工作过的人们。曾经的年轻小伙已经两鬓斑白，当年还在读博士的女孩也人到中年，大家欢歌笑语，为北川20年来的蝶变。

20年间，北川的地区生产总值由成立自治县之初的12.19亿元壮大到2022年的94.47亿元，年均增速达11.38%。累计建成现代农业园区19个，农业总产值从2003年的4.19亿元大幅增长至2022年的31.61亿元，2022年接待游客1124.23万人次，实现旅游综合收入93.12亿元，分别是2003年的35倍和151倍。北川先后获评"全省县域经济发展先进县""县域经济发展模范县"，从2016年起蝉联全四川少数民族县前十强，2022年排名跃升至第7位。北川坚持"生态立县、文旅兴县、工业富县、开放活县、城乡融合"发展思路，大力实施产业倍增、交通设施建设、城镇建设提升、美丽乡村建设、基层治理能力提升"五大攻坚行动"，一代代羌乡儿女接续奋斗，推动经济社会发展取得历史性成就、发生历史性变革。新时代的北川，交出一张后发赶超"新答卷"。北川人大约跟我一样，暗自欣喜自己是亲历、见证过北川涅槃重生的人，不是每个人都会有这样的经历。在北川生活过的日子，是我们生命中别具异彩的华章。

10月25日上午，北川县体育场的7000多个座位座无虚席，北川羌族自治县成立20周年庆祝大会暨铸牢中华民族共同体意识文化展演在这里举行。政治建设方队、经济建设方队、生态建设方队、花棒腰梆队、未来之星方队陆续登场，端庄秀丽的羊角花方队、热情豪迈的羌山雄鹰方队、古老神秘的羌族器乐方队、吉祥喜庆的十二花灯和麻龙马灯方队、鼓点铿锵的腰鼓方队、欢快激昂的原生态沙朗方队各展风采。2023名参演人员组成的20支巡游队陆续集聚，声势慢慢壮大，最终充满了整个体育场，不同的色块组合为参差有致、气势磅礴的方阵。

巡游队伍由北川各级部门和单位的公务员、乡镇村民、企业员工组成，他们都是先各自在自己所在地业余训练，集中到体育场训练的时间并不长。但是，演出的效果堪称震撼，就我个人的观感而言，比有些地州的大庆做得还要恢宏气派。我坐在远处高台，并不能清楚地看清每个人的脸，只是从矫健有力、整齐划一而又不僵

▲ 北川巴拿恰商业街

化的步伐节奏中感受到了一种众志成城的精气神。

这种精气神有着无坚不摧的力量,将不同年龄、不同族别、不同性别的人们紧密地凝结在一起,每个个人都拥有自己的姿态、表情和个性,他们构成了整体,而整体也映现出个体的面容。凭着这股精气神,他们走过了灾难、感伤、痛苦、挫折,一种昂扬的姿态展现给世人一个精彩的样子。

人山人海,实际上成为一个人,北川人。这个北川人,能够抵御一切困难,创造任何奇迹。

宏大崇高的气派,是美学体系的惯常表达方式,有人觉得压抑了个性。但是,谁会害怕人山人海,谁会在崇高磅礴的事物面前感到自卑怯懦呢?只有那些外在于崇高集体的人。从个人主义角度出发的局外人,才会对此心生恐惧,仿佛那脆弱的个性,会被集体主义的"乌合之众"所碾压瓦解。事实上,在中国文化之中,个人与集体未必构成二元对立,人民也不是乌合之众,谁也不能低估任何一个他人所具有的坚硬的主体性和能动性。只有自命不凡的精英主义者才会将自己同他人隔离开来。

这个问题极为复杂,需要繁复的论述才能条分缕析地将其讲清楚。竹内好曾经卓有见识地指出，作为一种新颖的社会主义文化，"个人是社会的人，也就是社会使个人得以存在，个人与社会之间没有任何矛盾"，人是融化在整体之中的。然而，头脑僵化的人并不会在意说理，而只会更加顽固地坚守自己原先的立场——这是非常可悲的简化现实的看问题方式，是缺乏总体性思维的表现。但更多的人民大众并不在意，他们在集体的海洋中获得了群体的欢腾，任谁也无法剥夺那种场域中的狂欢性质。

最令人感慨的，无疑是"向您报告"的环节，各个方队的人历数北川建县以来在各个方面所做的工作、付出的艰辛和取得的成绩。20年来，从新农村建设到美丽乡村，从脱贫攻坚到乡村振兴，说起来不过是一些词语，做起来则甘苦自知。

看台上的很多亲历者流下了泪水，那里面包含着对岁月流逝的怀念，对燃烧激情的无悔，对旧貌换新颜的欣慰，也是对于自己生命倾注其中的满足。他们是北川的官员、农民、小商人，支援北川建设的外地同胞，来观礼的海内外友人。我也不禁为之动容，虽然仅仅工作了一年，但走遍了所有的乡镇，参与了从疫情防控到基本农田建设，从文旅开发到招商引资的林林总总，基本上将苦乐酸甜体验了一个遍。小县域，大气象，新北川，新格局，在这样欢庆的日子，又怎么能无动于衷呢？

下午到新北川宾馆参加"各族各界代表人士座谈会"，跟坐在身旁的政协王主席聊天。我最关心的事是北川的道路怎么样了，我走的时候，还有许多夏天水毁路段没有修好。"要想富，先修路"，这个从小时候就听过的口号，在我到北川后感触最深。王主席说，全部硬化了！我一下子踏实了，很奇妙，有种如释重负的感觉。大约这就是同情共感吧。风景、风情都不能当饭吃，老百姓首要的是民生。

一年不见，尽管眼中还是那个北川，它的内在还是发生了很大变化。尽管从整体上，全球经济大势在下行，但是北川的小气候却有上升的势头，文明城市创建和社会安定和谐自不用说了。我可以条分缕析，找到很多种原因，都能言之成理。但是，我不愿意，北川和北川人不是我的研究对象，是自己人。那天晚上和以前工作关系接触比较多的几个部门的同事吃饭，聊到深夜。

这些同事准备庆典各项工作，接待四方友人，好容易这时候告一段落，故人热情，我也轻松，彼此大醉而返。

我印象最深的是已经调到市里的韩书记说的话："社会治理和发展，说难也难，说容易也容易。你跟老百姓同频共振就容易，你跟老百姓不是一条心就难。"这个话里，已经包含了所有的答案。

第二天一整天我都在迷迷糊糊的状态。以前结交的几个朋友约见面，到下午我才挣扎着起身，赶到绵阳市里，也没有别的话，就是相聚庆祝，一直到凌晨。我喜欢听他们的人生故事，普通人虽然未必做出什么丰功伟业，但同样有着堪称跌宕起伏、波澜壮阔的人生。我们生活在一个急剧变革与转型的社会之中，呈现出风险，也提供了机会，每一个个体都会主动或被动地裹挟进时代的潮流当中，从而改变了原先稳固的生活模态。

记得有一次，我在深圳参加一个会议，与谢有顺教授聊天，他说到一个亲戚，本是福建长汀的一个农民，在延续了几千年的农耕社会共同体中，关于未来的想象局促而有限。因为偶尔的机会，他进入技校，后来成了一名高铁司机，世界一下子被打开，他驾驶着高铁，驰骋在宏阔的大地之上，见识了不同的风景与人物。这才是我们时代普通人的故事,就像我那几个朋友,生于群山之间,长于穷乡僻壤,在经济变革的潮流中,走出家乡,经历了各种各样的辛酸、艰苦、欢乐,最终又回来建设故园。社会转型的契机,让他们不再在被原生的家庭和地理空间所圈禁和束缚,开始在缝隙中寻找自由发展的自我,时代与个体之间达成了有机的互动,人在其中,无论眼界还是胸襟都得以开阔。即便从自身出发的考虑,在思量社会与未来命运的时候,也就突破了原先较为封闭的文化圈所设定的思维平流层。

回北川总共待了三晚,每晚都到深夜,居然不觉得累。自北川去上海开会,回北京后,一直忙忙叨叨,都顾不上回想北川之行。那么多的人还没有来得及见,那么浓郁的情感还得不到消化,那么多的思绪还没有进行清理。未来肯定还要找个宽裕的时间再回北川。

偶尔得知一个让人高兴的消息,北川建自治县大庆后的第二天26日,深圳的"广东产业合作投资推介会"上签约的S700型四主轴CNC精密加工项目,在县里工作专班的保姆式协调下企业落地:公司注册、兑现政策、立项审批、厂房装修、消防改造。3天后第一批30台CNC加工设备就运抵北川。11月1日,选定场址，启动装修，16日加工中心安装调试合格，20日正式投产，首批合格样品寄往广东递交客户。

从签约到投产，25天时间，这是新北川的效率，让我在怀旧之后，对它的未来充满了信心和兴趣。北川之所以还能让人想驻足，停留，并再次回返，应该就是这种在质朴民族风情底部生生不息、与时俱进的生命意志吧。

十三

我曾经来过

如果你到过北川羌山，你就会明白送君千里终有一别。

如果你曾夜宿白草寨子，你会见到杜鹃花瓣清晨的露滴。

黄昏走过安昌河，让我送你一颗少年之心。

——题记

2005年，初夏，我刚工作不久，受委托去湘潭办一件事情。忙完手头事情后，绕道到相距不远的长沙见朋友。湘潭的事情进展并不顺利，见到朋友时天色已经暗黑，夜晚降临。两个人在彼时尚存的"堕落街"吃饭，因为某些问题观点不一，悒郁不乐散去。我找了一个偏僻幽静的老单位招待所，冲了个澡，在空荡荡的房间里，坐在床上。招待所里可能只有我一个客人，非常寂静。想着此行的无意义。我坐在简陋的椅子上，默默对着墙抽烟，被疲劳击倒。第二天醒来，推开窗户，看到对面石头垒砌的墙上爬着一株牵牛花。翠绿的藤蔓蜿蜒在青灰有着黑色水痕的石壁上，开了一朵紫蓝的花。

2008年，暮春，从宜昌到万州正在修铁路，我跟随一个团队去沿线调查，山路崎岖，颠簸不已，每天除了看高峡间的路桥工地，就是乘着小轮车下到地下看巨型盾构机挖山，非常疲倦。有一天傍晚，可能在马鹿菁或者齐岳山，暮色苍茫，眼看着山谷间渐渐暗下来，腹中饥饿，身体困乏，在碎石路上转弯时看到对面光秃秃的石头高坡上坐着一个孤零零的老汉，像一只雕那样一动不动。远远地看不清他的表情，我走了很远回头看他还在那，风化了一般。他好像在观看整个寰宇一样，凝视着暗青色的苍穹，心里不知道在想什么。

2010年，孟夏，与朋友从纽约开车去布法罗，走错路，往西弗吉尼亚绕了一下，下半夜经过宾州，月在青天，远山暗影起伏，道路延伸向前，无穷无尽。经过一片丛林，老远望见一头硕大的麋鹿，犄角高耸，如同森林之神。我们放缓车速，停在那里，等着它施施然走过。彼时四野俱寂，苍天净朗如白日，心地皎洁同明月，唯有无限惆怅荡漾。

……

这些生命中偶尔经历的瞬间，有时候会不自觉地浮现出来。后来回想，多是青春韶华时节，然而大部分的轰轰烈烈都已经远去。我已经记不起经历过的许多事情，只有这些孤独而纯粹的片段，在记忆之海中泛起稍纵即逝的浪花。那些属于自我的时刻，从平均而无个性的时间流逝中跃升出来，不再从属于任何一种别的社会关系网络。

那样的时刻其实是极为稀少而弥足珍贵的，在既短暂又漫长的一生中，不可能将经行的每一个瞬间都记住，也没有必要。人到中年，或多或少都会有这样一些感触，只不过许多人会回避这个可怕的事实，选择更为喧哗的方式去遮掩它。那可能也是一种自我，行为本身就构成了本质，只不过我总是充满疑心，一切的繁华、扰攘、喧嚣都尘埃落定，所有的舞榭歌台、春风得意都暂时消歇，在那个时候会不会有某一个孤独的时刻，也会有些怅然若失？在现实世界之外，有没有一个想象性的世界，来填补单向度的不足，为生活的光谱增添不同的色彩？那是我们内心深处住着的未曾苍老的少年。

少年的心胸没有封闭，对世界带有好奇，希望能丰富自己的人生。不同的体验与感受才会构成更为丰富的人生，在对照、落差、反衬之中，人们才会对自己的惯性日常进行一定程度的反刍与反思。我选择到北川生活一年，多少有些这样的想法，江南与华北、东海与西域、东半球与西半球，我都有过经历，却没有较长时间在西南山区生活，也许从一种日渐程式化的状态中抽离出来一段时间，会给身心带来不一样的砥砺。去往北川挂职副县长，并没有任何浪漫的想象，迎接我的将是比我在北京更为严苛的纪律和更为忙碌的工作。不过，它是我重返少年之心的奋力，跳脱出此地此时的现实和心态，走出学术生涯和阅读所有可能导致的危险：封闭、窄化。

在北京动身前都想好了，要去规律地生活，调适一下紊乱的作息，我甚至还在行李箱中准备了一双运动鞋，准备每天早上起来沿着安昌河畔的塑胶跑道晨练——之前有朋友告诉我，北川的空气纯净，草木茂盛，安昌河畔是极佳的晨跑地方。

带着对未知事物的憧憬和兴奋，大清早赶往大兴机场的路上就烙上了魔幻的色彩。机场北线上，两边晨雾弥漫，眼中只有一条看上去无始无终的灰白色道路，感觉自己像一个在轨道中做着永无停歇运动的电子，而宇宙茫无涯际。经过一段冗长到几乎要疲乏的行驶之后，来到一个空荡荡的标示有"北京"字样的收费站，它如同一个南天门，但是过去之后并没有发现天宫，还是一条灰白色的道路，那时候产生了一种很微妙的心理，就好像悟空忽然发现自己进去的是小雷音寺。

这种感觉兆示了我在北川此后的日子——我一次也没有按照预先规划的去晨跑，同样总是熬夜到凌晨两三点，然后在第二天一早顶着黑眼圈爬过后山去上班。我似乎没有太多的变化，但是内心知道还是潜移默化了。我完全远离了学术界，并且也没有因此感到焦虑，因为一个全新的世界打开了，一种不由自主进入的、忙忙碌碌的、热火朝天的、永不停歇的生活。它是世俗化的，有时候带有庸俗的气味，却又无比真实、坚硬而令人踏实。

这样的生活中，同样是没有孤独自我的，却不会感到怅然若失，因为它将孤独的个体硬生生从心灵世界和间接经验中拔出来，逼迫着你睁开眼睛、移动身体，同时接受纷至沓来的新鲜经验，不知不觉中你已经被改变。

在北川的角色决定了我必须承担好自己的责任，公共文化要求人们有合乎常规的仪表与情感表达方式，这是一种"规矩"。我逐渐意识到，对旁人的反应不再充满期待，只要客观地看待，这就是一种剧场化的社会行为实践。个体与系统之间，个人的能力倒在其次，只要一个组织制度完善，哪怕组成系统的具体环节并不十全十美，也能够正常有效地运转，未必需要能力超群出众的能人。这就是为什么特别要"讲规矩"的根本原因。即便换个角度来说，这对于一个原本长期只有学院经历的人而言是难得的经历，工作与生活呈现出复杂交织的面貌，对人的德性的认知也不再以一种纯粹的黑白分明的方式骤下判断。

水利水电的工作原本不在我的工作范围，但我来北川后不久，分管副县长的妻子生二胎，他回去休陪产假，我就替他去成都学习水电站和大坝管理。水利问题原本我就挺感兴趣，不仅源自青少年时代的家乡屡次被洪水淹没的记忆，同时也是对这个被称为大禹发祥之地的深层次了解的愿望。几千年前，大禹就开始治水，几千年后，洪水依然是需要面对的问题。

学习回来，正赶上县委书记下乡办公，我就跟着去了。那天，我一个人爬到山顶观看水势，阴沉的天空下，群山巍峨，烟波浩渺，横亘在山间的高大水坝凸显出人们规划自然并付诸实施的气魄。开完会，我出来从开茂山的制高点，看到整个水库在眼前展开。大坝将山间的渠涧拦住，在低洼处形成了连接性的一块一块库体，水则见缝插针一样罗布在丘坡椤壑之间。那种情形跟六安的佛子岭、南充的升钟湖山间水库相似，山峰在水库中点缀绵延，水面平静幽深，高处俯瞰，自然与人工有机结合,精致而雄奇。那水清澈而不见底,里面有鱼,藏在看不见的地方,让我想起"和光同尘"四个字。水至清看上去无鱼,只是因为泥沙沉积在渊深之处,微生物浮游在不同的水层,构成了完整的生态系统,鱼儿游弋其中,缺乏哪一个环节都会造成生态的失衡。

认识到这一点,不啻为认知的突破,虽然道理很早就明白,如果不亲身体验,还是不会深刻,而只有体验过后方可以说"见山还是山,见水还是水",那个时候的自我也才得以真正意义上认清自己。现实的世界同想象性世界之间并不是各行其是,各自消磨对方,而是彼此混融在一起,从而避免了偏于某一个维度的固执与偏狭。

我无法说北川治愈了我的精神内耗,那未免过于轻巧了。但是,一直以来,我确实有一种焦虑,虚无主义的焦虑,那些记忆深刻的瞬间仔细想想,全是焦躁、疲倦和备感孤独无助的时刻。那是对自己和自己生活的不满,一颗依然勃动着的少年之心蠢蠢欲动,试图从牢笼中破壁而出。

隐形的牢笼在一般的理解和感受中，往往来自现代以来刻板、枯燥、程式化的日常生活与生命政治。日常生活充满世俗的欢欣与愁苦，但由于它日复一日的成规和组织化的观念，往往会带来封闭和束缚的制度牢笼。在工业化、科层化、消费主义和科技渗入到生活的方方面面之后，它们还会形成另外一层虚拟的牢笼，裹挟着人们，让人感到焦虑、厌倦和孤独，身体和心灵都会感到压抑。

北川的生活可以说是对双重牢笼的一次转移，尽管依然会面临新的类似的困境，但终究是一次疗愈的契机。内耗其实更多来自于平淡无奇所导致的无聊，当你从务虚中换了一个环境，经常面临切实的日常细碎的时候，那些虚无缥缈的东西就会淡化，令你不得不重新审视何为现实，何为真实，何为生活本身。这一年中，我在北川经历过行驶中的车子自燃、不定期的地震、夏日洪水和泥石流、冬天穿行于冻雨沤烂的崎岖山道……有些时刻甚至要直面生与死，生活自身的粗粝会激发出一种内在的生命力，让你不得不坚韧起来，偶尔出现的轻松瞬间则会让你对生活的馈赠产生一种由衷的感恩之情。我时常在下乡的途中，看到山上胡豆、豌豆花、芍

▲ 新北川晨曦

药盛放，路边的鸢尾花开着非常漂亮的花，蚕豆结果，茶农在茶垯之间采茶。那些踏实的寻常景象，反倒散发出甜蜜的馨香。

有时候，会发生一些妙趣横生的插曲。记得有一次我同邓书记一起去通泉镇，经过半山腰一个拐弯处叫"三径里"，那上面开了一家民宿。邓书记说上去看看，我们下车沿着斜坡往上走。就听到头顶有狗叫，抬头看到有个狗头从二楼阳台的栏杆中伸出来，冲我们气势汹汹地吼。这个时候从小路上又窜出来两条狗，一条貌似哈巴狗，我以为它要咬我，猛地半蹲下来吓它，它居然无动于衷，也不叫。邓书记说这是宠物狗，用对付土狗的方法没用，另外一只狗才要提防。我这才注意到前面还有只体型和形貌都酷似鬣狗的家伙，在前面阴险地窥测着我们。它身上分布着灰黑色斑点，尾巴朝下夹在腿间，眼中有着伺机而动的冷静。邓书记的联络员小姜人高马大，却被吓得不轻。我们几个人都小心翼翼往前走，楼边平房中出来的老太太也没说帮我们赶一下。忽然，我又发现前方还有一只土狗呜呜呜地跃跃欲试。但是，我已经看透了那只土狗的外强中干，唯一担心的是"海乙那"突然暴起给我们谁一口。小姜东张西望找棍子,邓书记这个时候已经爬到楼梯上,看到楼梯间堆了一摞劈柴,就抽了一根说:"小姜,拿着这个!"那劈柴相当粗,其实不称手,但是总比没有强。我也跑到柴垛前准备找一根,结果发现上面有个钩状长柄砍刀,嘿,好家伙,我握着手里感觉不赖。但是又一想,这个狗要是真进攻我,我一刀砍掉它的狗头也不合适,就扔了刀,往楼上爬。

我们从"三径里"出来,驱车接着往前走,经过山路拐角,又看到一条摆着羊驼造型的狗,它的脖子挺长,毛色也像极了羊驼。它瞄着我们车的轻蔑眼神似乎在说:这些愚蠢的人类在这里跑啥子。我们哈哈大笑,那是难得的童趣时刻。

乡土的亲密感会让人生发出原初的喜悦,县城虽然完全现代化了,但其实也属于乡土的延伸。之所以这么说,是因为它奇异般地在路边保留了广播。大城市里已经基本上见不到广播了,市声如潮,那些由汽车、施工机械、人们的话语、商店里的音乐交叠在一起的噪声,复合在一起。不同的声源,混合在一起,是隐约、浑沌、笼罩性的存在,形成了无法逃离的声场,在那种隆隆的场域中，不可能清晰地听到广播的声音。即便有，那也是听而不闻。

广播就像踩在积雪上发出的咯吱咯吱声，在我的印象中，属于麦田旁边树立着的电线杆，属于没有驳杂声音的小镇，属于雪后，烧过的煤渣铺在烂泥之上，还腾腾地冒着热气。在我的印象中，它是集体生活的一个组成部分，当村镇的喇叭响起广播时，人们在同一时刻共享了它传出来的讯息，从而将人们结成了一个共时性的共同体。

这种声音的共同体正在瓦解，广播如今更多同汽车联系在一起，它被驾驶员所选择，与它同样衰落的是有着固定播放和观看形式的电视——电影则更是成为仪式化、分众化的文化了。如今兴起的自主选择、即时反馈为表征的短视频与手机终端，带来的不仅是身体和趣味的分离，更是心理上的分离。

在北川听到的广播，恢复了我的部分听觉。就像我总是在清晨的时候听到鸟鸣，黄昏的时候是路边广播的声音。它在城市即将回归到安宁的时刻，是弥散的、无处不在的、平等地传入到每个路人的耳朵之中，重新赋予人们共享的感觉。许多时候，我是仅闻其声，并没有看到有喇叭，广播的音箱藏匿在路灯间的某个阴影里，就像鸟儿栖居在柏树或桂花的枝叶间。仅闻其声，对久已惯于听而不闻的城市经验来说，不仅是听觉再次被唤醒，更是整个感官的被激活。

从认知到感官，北川所呈现给我的新鲜的风景、物产、人民和文化，如同镜子照见我自己，我在他们中间重新发现了自己。自我与他人之间相互映照，镜影交叠，繁复无穷，因而涌现出一个新的自我。这也算是一种成长。

我们去往异地、遇到不同的人、遭逢差异性的文化和思维，在冲击、震惊、理解、交融中，树立起了一个新的自我。这仿佛一个"壮游"般的通过仪式，他乡、外物、异文化，都是通过仪式中的触媒和催化剂。前几年，《人民日报》副刊曾经开辟过一个栏目，叫"我与一座城"，我曾经应邀写过一篇《青春作伴》，讲的是自己青年时代在芜湖的日子。一个人与一座城，究竟有何等样的机缘和关联，也不是一篇两篇文章所能表述得清楚的，只能表达出一种情绪。如今到了所谓的哀乐中年，忧患纵深，百感交集，喜乐参半，更是无法用语言形之于万一。我之所以要记下北川的所传所见所闻所触所感所思所想，就是要为这段人生经历留下一个记忆，用于抵抗遗忘的侵袭，让它成为我和北川之间的证词。也没有什么诉求，没有任何愿望，只是写给北川：我还有一颗少年之心，我曾经来过。

我走过北川每一个乡镇的道路，呼吸过金川锂矿石厂干燥的烟尘，奔走过北京的无人机公司，考察过泉州的动漫企业，参加过南充的文旅大会，庆祝过松潘的花灯节，为药王谷和人民公园的改造耗费过心血……"天空没有留下鸟的痕迹，但我已飞过。"

北川的 12 个月，相比于它千万年的沧桑蜕变，我这样的过客不过是须臾瞬间的沧海一粟。我写下北川志记，也是向万古长天的一个表白：

江山依旧，光华灿烂，我曾经来过。

参考文献

1. 《羌族简史》编写组：《羌族简史》，四川民族出版社，1986年。
2. 安群英主编：《〈四库全书〉羌族历史文献辑要》，四川民族出版社，2021年。
3. 北川羌族自治县文化广电新闻出版和旅游局编印：《北川非遗》，2016年。
4. 北川羌族自治县政协编：《北川民间文学集成》，2013年。
5. 北川羌族自治县政协编：《羌地北川》，四川科学技术出版社，2013年。
6. 蔡清主编：《羌族文物古迹》，四川民族出版社，2021年。
7. 陈安强：《羌族史诗说唱传统研究》，四川民族出版社，2022年。
8. 冯翔：《策马羌寨》，四川人民出版社，2018年。
9. 耿静主编：《羌族非物质文化遗产》，四川民族出版社，2021年。
10. 耿少将主编：《羌族史略》，四川民族出版社，2021年。
11. 和志武、钱安靖、蔡佳麒主编：《中国各民族原始宗教资料集成：纳西族卷·羌族卷·独龙族卷·傈僳族卷·怒族卷》，中国社会科学出版社，2000年。
12. 胡洪斌、范建华等编著：《穿越藏羌彝文化走廊》，社会科学文献出版社，2021年。
13. 焦虎三、冯晓枫编著：《彼岸羌影——1949年前的羌族图像志》，北川羌族自治县人民政府印制，2010年。
14. 李锦主编：《羌族艺术》，四川民族出版社，2021年。
15. 李祥林：《民俗事象与族群生活：人类学视野中羌族民间文化

研究》，中国社会科学出版社，2018年。

16．罗世泽、时逢春搜集整理:《木姐珠与斗安珠》，四川民族出版社，1983年。

17．马长寿:《氐与羌》，上海人民出版社，1984年。

18．孟燕、归秀文、林忠亮编:《羌族民间故事选》，上海文艺出版社，1994年。

19．欧文·戈夫曼:《日常生活中的自我呈现》，冯钢译，北京大学出版社，2008年。

20．冉光荣、李绍明、周锡银:《羌族史》，四川民族出版社，1984年。

21．王清贵编著:《北川羌族史略》，北川县政协文史资料委员会编，1991年。

22．杨福寿:《羌族医药》，四川民族出版社，2021年。

23．叶星光主编:《羌族民俗》，四川民族出版社，2021年。

24．余瑞昭主编:《羌区山川览胜》，四川民族出版社，2021年。

25．赵曦主编:《羌族史诗》，四川民族出版社，2021年。

26．周正主编:《羌族文学》，四川民族出版社，2021年。

图书在版编目（CIP）数据

去北川 / 刘大先著. -- 上海：上海文艺出版社, 2024.4
ISBN 978-7-5321-9019-5
Ⅰ.①去… Ⅱ.①刘… Ⅲ.①纪实文学－中国－当代
Ⅳ.①I25
中国国家版本馆CIP数据核字(2024)第081547号

发 行 人：毕　胜
策划编辑：李伟长
责任编辑：江　晔
特约编辑：宋　玥
装帧设计：付诗意

书　　名：去北川
作　　者：刘大先
出　　版：上海世纪出版集团　上海文艺出版社
地　　址：上海市闵行区号景路159弄A座2楼 201101
发　　行：上海文艺出版社发行中心
　　　　　上海市闵行区号景路159弄A座2楼206室　201101　www.ewen.co
印　　刷：上海中华印刷有限公司
开　　本：890×1240　1/32
印　　张：9.75
插　　页：12
字　　数：210,000
印　　次：2024年4月第1版 2024年4月第1次印刷
Ｉ Ｓ Ｂ Ｎ：978-7-5321-9019-5/I · 7100
定　　价：59.00元
告 读 者：如发现本书有质量问题请与印刷厂质量科联系　T：021-69213456